CB133827

O INVENTOR DA ETERNIDADE

Liberato Vieira da Cunha

O INVENTOR DA ETERNIDADE

O INVENTOR DA ETERNIDADE
© Almedina, 2022
AUTOR: Liberato Vieira da Cunha

DIRETOR DA ALMEDINA BRASIL
Rodrigo Mentz

EDITOR DE CIÊNCIAS SOCIAIS E HUMANAS E LITERATURA
Marco Pace

ASSISTENTES EDITORIAIS
Isabela Leite e Larissa Nogueira

ESTAGIÁRIA DE PRODUÇÃO
Laura Roberti

REVISÃO
Equipe da Daboit Textos

ILUSTRAÇÃO DE CAPA
Eduardo Vieira da Cunha

DIAGRAMAÇÃO E CAPA
Officio

ISBN: 9786587017891
Dezembro, 2022

Dados Internacionais de Catalogação na Publicação (CIP)
(Câmara Brasileira do Livro, SP, Brasil)

Cunha, Liberato Vieira da
O inventor da eternidade / Liberato Vieira da Cunha. -- São Paulo, SP : Minotauro, 2022.

ISBN 978-65-87017-89-1

1. Romance brasileiro I. Título.

2-128479 CDD-B869.3

Índices para catálogo sistemático:
1. Romances : Literatura brasileira B869.3
Eliete Marques da Silva - Bibliotecária - CRB-8/9380

Este livro segue as regras do novo Acordo Ortográfico da Língua Portuguesa (1990).

Todos os direitos reservados. Nenhuma parte deste livro, protegido por copyright, pode ser reproduzida, armazenada ou transmitida de alguma forma ou por algum meio, seja eletrônico ou mecânico, inclusive fotocópia, gravação ou qualquer sistema de armazenagem de informações, sem a permissão expressa e por escrito da editora.

EDITORA: Almedina Brasil
Rua José Maria Lisboa, 860, Conj.131 e 132, Jardim Paulista | 01423-001 São Paulo | Brasil
www.almedina.com.br

"A história é o romance que foi;
o romance é a história que poderia ter sido."

EDMOND E JULES DE GONCOURT – *Journal*

- 1 -

Às seis horas da manhã do dia 4 de setembro de 1984, Santelmo Cimbres, professor de teoria estética num curso superior, ligou o Ford Corcel de segunda mão e deixou Porto Alegre rumo a destino nenhum. Na véspera, à tardinha, um certo coronel Avelar Berguió, incrivelmente ainda plantado, talvez como o último dos últimos, no cargo de zelador ideológico da universidade onde lecionava, lhe transmitira um breve recado. Sem ao menos lembrar-se de convidá-lo a sentar no escritório que usurpava, uma sala discreta do oitavo andar, participou-lhe que ele e a matéria que lecionava estavam dispensados, por súbita resolução de algum outro delegado do regime militar havia 20 anos implantado no Brasil.

A notícia em si não chegou a surpreendê-lo. Em anos anteriores, mas já distantes, a filosofia, a sociologia, o latim, o francês, o espanhol e outras disciplinas haviam sofrido ora uma peneira, ora uma ampla varredura do sistema de ensino, em especial nas escolas médias. Aproveitando o ensejo, Santelmo, doutor em Princeton, encarou aquela patente do Exército — aparentemente dotada de poderes mais amplos do que os de Sua Magnificência, o Reitor, segundo os caprichos dos autonomeados tutores do Brasil — e, num ímpeto, pronunciou as seguintes frases:

— Me ouve, seu gigolô da ditadura. Vai pro inferno! Tu e todos os patifes da tua laia são a maior desgraça deste país!

- 2 -

Como havia proferido essas palavras de súbito e com fortíssima modulação, a mesma que empregava volta e meia nas aulas para fazer sossegar alunos inquietos, o coronel vacilou por um segundo: limitou-se momentaneamente a encará-lo com absoluto espanto, já que nem um marechal se atreveria a insultá-lo com tanta desenvoltura e tamanha potência em decibéis. Mas o professor não ficou por aí. Como toda uma avalanche de mágoas pelo que ainda ocorria no Brasil, mais a sentença que acabara de escutar num consultório médico lhe subiram ao peito, aproximou-se ameaçador do oficial, deu-lhe um par de socos certeiros e o arremessou ao chão. O coronel bateu pesadamente com a cabeça num móvel, sangrando. Santelmo não esperou para ver se o tinha detonado em definitivo: sumiu dali tão rápido quanto pôde.

Já imaginava que teria de enfrentar problemas na universidade, mas receava no máximo algum tipo de licença forçada, como ainda vinha ocorrendo em alguns outros cursos, apesar de os tempos serem de distensão política. Tinham voltado ao horizonte nuvens sombrias, a começar pela ameaça de um renovado golpe, bastante ao gosto de militares adeptos do seleto clube da linha dura, o que significaria retrocessos até em áreas como a educação. Na véspera, um dos ministros fardados aproveitara o ensejo da inauguração de um aeroporto em Salvador, Bahia, para acusar de traidores os dissidentes do partido governista. Esses dissidentes, cada vez mais numerosos, somados a correntes de tradição democrática, apoiavam a eleição de um civil, Tancredo Neves, para a presidência da República pela via indireta. A direta não passara em abril, por uma diferença de apenas 22 votos, com o Congresso Nacional sob forte coação armada e Brasília sob estado de emergência. Todo o tom do discurso do ministro deixava entrever que havia uma virada de mesa a caminho, para emplacar talvez mais 20 anos de ditadura.

Santelmo chegava a se surpreender com o fato de que, apesar de ter padecido prisões na década anterior, numa das quais encapuzado e com direito à vizinhança de celas das quais lhe chegavam gritos aterradores, continuasse lecionando. O lugar encoberto onde estivera detido lhe parecera então uma espécie de cloaca, de última estação do degredo a que eram condenados pelos donos do país aqueles que estes julgavam indignos de defender suas ideias ou exercer sua cidadania. Colegas seus, no Rio

Grande do Sul e em outros Estados, haviam sofrido em tempos não muito distantes a bestialidade da tortura física, de que ele estivera próximo, horror tão denunciado por vozes corajosas, mas tão negado pelo regime. Tinha ainda consciência de que nos últimos tempos vinha se expondo, por participar novamente de atividades políticas malvistas pelo índex vigente. E como se não bastasse, o diagnóstico ouvido naquela mesma tarde o mergulhara em pensamentos pouquíssimo animadores.

- 3 -

Culpava-se agora pelo grau de sua reação explosiva. Mas ante a previsível ira do coronel, se é que não o tinha nocauteado para sempre, decidiu que precisava urgentemente de um sumiço temporário. Escolheu estradas secundárias, mas quando havia dirigido perto de três horas em uma incerta direção noroeste, o Ford Corcel foi acometido de um mal súbito. Radiador e mangueira pifaram em uníssono, a uma temperatura capaz de derreter a calota polar. O infortúnio sucedeu à entrada de uma vila chamada Triana.

Santelmo confiou o conserto do carro à única oficina mecânica do lugar, combinando o aluguel de uma garagem, e buscou a igualmente única pousada local.

Teve sorte: sem prévia reserva mereceu do casal que o recebeu — com uma gentileza temperada por um claro acento castelhano — um quarto duplo, equipado com banheiro e fogareiro, este último de vaga utilidade, pois combinara que as refeições lhe seriam servidas ali mesmo. A porta de entrada não tinha chave, mas era protegida internamente por uma respeitável tranca de ferro.

Escondeu as placas do Ford, ainda na estrada prudentemente removidas, mais os documentos do carro e os seus próprios, que ninguém lhe pediu, num desvão oculto pela caixa de descarga do banheiro, e encarou um inspirador café escoltado por pães e geleias de fabricação caseira.

- 4 -

Não saiu do quarto nem dormiu bem. Visitou-o, nos intervalos da insônia, o espectro do coronel Berguió, na pouco animadora companhia de tudo o que o oficial, se vivo, devia estar aprontando: denúncias à polícia e aos chamados órgãos de segurança, a provável violação de seu apartamento no Gasômetro, em Porto Alegre, uma ordem de captura. Berguió era tido, por gente bem informada da universidade, como um dos principais envolvidos nas conspirações em curso para dar sobrevida ao autoritarismo no Brasil.

Santelmo tinha escrito na véspera, logo depois do incidente de sua demissão, cartas a todos os deputados de oposição na Assembleia e aos principais colunistas políticos dos jornais, dizendo que se armava mais um golpe no país e — como uma contribuição pessoal extra — assegurando que o cabeça do movimento no Rio Grande do Sul era o coronel Avelar Berguió. Não deixou de aproveitar cada detalhe do que ouvira dias antes de um primo major, além de outros de sua particular invenção. Depositara os envelopes selados em seis caixas coletoras dos Correios de diferentes bairros de Porto Alegre. Assinara tudo com nome e sobrenome. Pensou em acrescentar um xerox de sua carteira de identidade, mas desistiu a tempo. E de qualquer forma, refletiu, sua foto não revelaria um dado essencial. Santelmo Cimbres carregava, sob a fronte serena, um tumor maligno.

- 5 -

Seu sono amedrontado foi também invadido de pesadelos, o mais doloroso dos quais sobre o dia em que uma de suas ex-mulheres falara de repente, como quem menciona uma cena de novela:

— Era muito pálido. Tinha um jeitinho terno.

— Quem?

— Nosso filho, o que nasceu morto.

Ele recordou a kombi da funerária, o pequeno caixão branco em seu colo, o portão do cemitério. Ele mergulhou nos destroços de seus labirintos interiores e no devastador receio de que sua vida seria, até o fim das idades, uma corrente de dramas. Ele se arrependeu de não ter aberto o pequeno caixão branco e contemplado o menino.

Esse menino seria agora semelhante à imagem misteriosa de uma tela de autoria imprecisa, que ornava seu living em Porto Alegre? Esse menino lhe dizia:

— Por que não me olhaste? Por que me esqueceste prisioneiro do pequeno caixão branco?

- 6 -

Sua presença em Triana — nome que, logo descobriu, tinha curiosa origem no de Trier, Alemanha, embora na verdade mais parecesse andaluz — provocou de início algum retraimento dos moradores, quase todos descendentes de imigrantes. O único que lhe deu logo uma atenção polida foi um homem negro, que vendo-o zanzar sem rumo perguntou em que podia ajudá-lo, apresentando-se como Natalício. Soube depois que era o sacristão da igreja. O professor agradeceu e tratou de abrandar a curiosidade dele e de quem mais encontrasse de um modo cortês.

Um sujeito que usava sobretudo de abas levantadas, chapéu e óculos escuros foi o único que não correspondeu à sua polidez. Era alto, pelo que pôde notar tinha cabelos de um loiro quase branco, mais uma pose geral de arrogância. Soube depois que se chamava Gruber, mas resolveu não lhe dar importância.

Passou a frequentar a Estalagem Porta Nigra, que não era há muito estalagem, mas um amplo bar, restaurante, armazém e outros anexos, ao lado de uma casa modernosa, dos donos. Era o *point* local, o ideal para que ele começasse a afirmar, sempre que podia, que era um engenheiro a quem tinham prescrito umas semanas de repouso.

Pagou adiantado um mês de hospedagem na pousada, esta sim uma estalagem, conquistou a camareira, também de origem castelhana, com gorjetas, elogiou as refeições fartas, deu jeito de ser apresentado ao subprefeito e logo ao subdelegado, um tipo bem vestido que o examinou com desconfiança.

Foi convertendo-se com os dias numa parte vagamente original, mas opaca, do cenário. Descobriu que, na biblioteca mantida pelo Clube Recreativo Triana, os jornais da capital do Estado aterrissavam com atraso. Concentrou-se mais atentamente na visão da bela bibliotecária, também secretária da administração e da tesouraria, além de encarregada de pôr certa ordem nos jogos de cartas travados numa sala enfumaçada.

- 7 -

Chamava-se Beatrice

— Como a de Dante? — provocou.

— Aposto que não — rebateu Beatrice. — A de Dante era uma senhora bastante idealizada. Salvo engano meu, que sempre vivi nesta aldeia, não há nenhuma descrição dela na Divina Comédia. Podia ser horrenda.

— Você é o oposto — disparou ele. — É como Beatrice Cenci, como a Rainha Tomiri, de Andrea Del Castagno.

— Não. Eu estou aqui. Eu sou visível. As outras eram apenas diversas de mim.

E então a Beatrice alta, loira, iluminada por uma mirada azul, fingiu-se bastante ocupada com os livros.

Já ele, se ocupava em procurar ocupação.

Era educado com quem se aproximasse, caminhava pelos prados vizinhos e por uns poucos restos de matas nativas, matriculou-se numa roda de canastra no clube, percorria coleções de velhos romances na biblioteca, batia ponto na Porta Nigra, esforçava-se para dormir eternidades, colidia com a indiferença que Beatrice passou a dispensar-lhe. Tudo mudou um pouco em seu estado de solidão quando um homem corpulento de jaqueta musgo, que já devia ter passado dos 70 e carregava uma barba emaranhada, mais uns insólitos cachos nos cabelos de um branco alourado, tipo os do Moisés de Michelangelo, o parou na rua.

— O senhor é engenheiro? — quis saber, com uma voz pastosa.

— Sou. Mas no momento não estou na ativa. Um médico me sentenciou a umas férias forçadas.

— Lhe agradam construções antigas?

— Claro.

— Então nos vemos amanhã às nove na pracinha da igreja — disse o estranho, com seu sotaque alemão.

- 8 -

Foi uma entrevista proveitosa.

Nathan, o barbudo, que combinava a jaqueta musgo a uma camisa negra quadriculada de branco, o levou a velhas casas de colonos. Era conhecido dos moradores, aos quais pedia educadamente permissão de entrar.

— Nota algo de especial aqui?

— Além da fachada de enxaimel, móveis toscos. Ambientes limpos. Paredes caiadas. Famílias que nos acolhem bem.

Então Nathan o conduziu a uma vivenda imponente e abandonada, informando que tinha pertencido a um certo Vogel.

— E aqui?

— Desolação.

— Nada mais?

— Bom, parece que naquele lado teve uma pintura. Creio que passaram cal em cima.

— O doutor está certo. Que tal irmos à Porta Nigra? O doutor paga.

- 9 -

O preço das três cervejas que Nathan empinou mostrou-se compensador.

— Salvo engano do calendário ali na parede — falou o barbudo —, estamos em 1984. Há 42 anos, em plena guerra na

Europa, surgiu em Triana uma figura esquisita. Era estrangeiro, malvestido, com uns 25 de idade. Entendia de mecânica, fazia trabalhos avulsos, um dia procurou Vogel, que era o maior madeireiro da região, um cara que enriqueceu derrubando um milhão de araucárias. Esse Vogel era esperto, mas conservava uns traços de ingenuidade. O estrangeiro — chamavam ele de Cabo Milho, porque qualquer coisa em sua figura denotava um desertor e seus cabelos eram muito claros, tipo a palha de uma espiga — propôs ao madeireiro decorar o vestíbulo de sua mansão, aquela que o doutor achou desolada.

— E estava.

— Está. Mas já foi um palacete.

— E o Cabo Milho decorou?

— Argumentou assim, em alemão, uma das línguas que falava, e que todo mundo conhece nestas lonjuras: eu pinto uns negócios bonitos aí na sua sala, o senhor me dá pouso e comida.

— O Vogel topou?

— Topou. Gostou tanto das pinturas do Cabo Milho que disse: você fica parando no galpão. Garanto a você a boia. Lhe passo também uns trocos. E aí você vai nessa colonada toda aqui perto, que eu preciso agradar, e pinta pra eles uns troços como os que pintou aqui. O Cabo Milho foi de casa em casa e onde encontrava uma parede vazia enchia de pinturas. Os colonos não achavam ruim, por dois motivos. O forasteiro era bom no que fazia. E o Vogel depois comprava madeira das suas propriedades, o que para eles significava um dinheiro extra e bem-vindo. Não eram épocas do gênero ecológico.

— Que tipo de imagens esse Cabo Milho compunha?

— Cenas sagradas. As Bodas de Canaã. A Ressurreição de Lázaro. Jesus no Sermão da Montanha.

— Nada de exatamente original.

— É onde o doutor se engana. Eram um esplendor. Qualquer coisa de inimaginavelmente belo. Eram pinturas magníficas, obras de gênio. Venho de tropeços e de terras longínquas, não me pergunte que tropeços ou que terras. Cursei a Academia de

Stuttgart. Conheci museus de arte na Alemanha. Sei quando vejo algo que poderia estar em um deles.

— E o que fizeram com as pinturas?

— Vogel era no fundo meio ingênuo, como lhe disse. Andaram lhe passando a perna e ele faliu. Aí se mandou, desapareceu, se evaporou. Parece que teve mulher metida num enorme golpe que lhe aplicaram. E então aconteceu um negócio inexplicável.

— Que negócio?

— Isso fica para a próxima sessão.

Nathan liquidou o último copo e saiu da Porta Nigra sem se despedir.

- 10 -

O professor Santelmo achou difícil de engolir aquela história de um artista digno de figurar em museus da Alemanha reinventando os Evangelhos em obras-primas pintadas nas moradas de colonos. Mas qualquer companhia era um bálsamo para a sua solidão e ele se distraíra comparando Nathan com o Moisés de San Pietro in Vincoli, em Roma, pois a semelhança se acentuava pelas saliências dos cabelos rebeldes, por vezes similares às da estátua, e que sentariam a capricho num marido enganado.

Tinha porém coisas mais importantes em que refletir. Segundo verificou nos jornais tardios de Porto Alegre, nenhuma linha havia sido publicada acerca da agressão a Berguió ou de sua possível morte. Esta última ausência de notícias lhe transmitiu alívio, embora devesse estar sendo ainda investigado. Não havia também menção às suas denúncias sobre um novo golpe a caminho no país ou ao papel que teria nele o coronel, gênero de tópico que, aliás, por aqueles dias, não costumava obter atenção muito detida da imprensa de Porto Alegre. O que lhe pareceu fora de dúvida, pelas entrelinhas, é que havia realmente em curso, como ouvira do primo major e como acentuara em suas cartas a deputados e jornalistas, rumores sobre uma súbita, completa, ressurreição do arbítrio. Mas o espectro da autocensura continuava a pairar sobre as redações.

Santelmo conjeturou que possivelmente sua demissão tivesse origem em alguma vingança pessoal: havia membros do conselho da universidade que não morriam de amores pelo teor de suas aulas, nem pela admiração algo entusiástica que conquistara de alunos de esquerda. Desde 1964, a delação era moeda de ampla circulação no Brasil.

Cultivava ainda inquietações colaterais, a principiar por seu apartamento abandonado em Porto Alegre, que podia ter sido invadido a mando de amigos do coronel Berguió. Seguindo o rumo natural das coisas, o zelador do prédio já teria se encarregado de esvaziar a geladeira e o proprietário retomaria o imóvel desabitado. Pousara a última noite, antes da partida, depois de preparar rapidamente a mala em casa, num hotel de alta rotatividade. Não comunicara a nenhum amigo seu destino, que ele próprio ignorava até os problemas do Corcel em Triana. Contabilizadas as perdas, o resultado aparentemente era lucro: significava que se ocultara na hora e no ponto certos.

- 11 -

Mas não conseguia se desviar assim mesmo de duas preocupações: a primeiríssima, com sua saúde, a outra com o poder de fogo do coronel que ferira e com o quadro político do país. Algumas noites antes do bilhete azul do coronel Berguió, jantara com o primo major, que, depois de ir ao fundo de uma garrafa de mau vinho tinto, destravara a língua. Comentava-se na caserna que escalões de primeira grandeza da linha dura planejavam nova quartelada, para evitar a qualquer custo a transmissão do poder aos civis, mesmo transcorridas duas décadas de autoritarismo no Brasil. Formavam um grupo influente e não se deteriam, se necessário, sequer na eliminação do candidato com avassaladoras chances de vitória no Colégio Eleitoral, Tancredo Neves, e na do próprio presidente João Figueiredo, que fechava o longo ciclo dos generais disposto, depois de certas vacilações, a entregar o Palácio do Planalto e a faixa ao civil que fosse escolhido pelo Congresso.

O major descreveu a estratégia: incluía desde a infiltração de agentes portando centenas de falsas bandeiras dos partidos comunistas nos comícios de Tancredo a uma súbita tomada dos principais centros estratégicos de Brasília, caso o político mineiro triunfasse no pleito indireto. A conspiração era exímia em difundir versões de acordo com as quais, uma vez dono das chaves do poder, Tancredo Neves desencadearia uma gigantesca onda de revanchismo contra os quartéis, em particular dirigida aos sustentáculos notórios do despotismo de 20 anos e aos que buscavam garantir sobrevida a um regime agônico.

Santelmo guardou as informações a princípio para seu exclusivo consumo. Mencionou-as na carta aos deputados da oposição e aos jornalistas, mas não chegou a dividi-las, já que os acontecimentos se precipitaram, com o grupo político a que pertencia, e que se guiava por um único objetivo: a plena redemocratização do país. Mas no refúgio de Triana começou a se indagar se a decisão prepotente do coronel Berguió não teria mesmo a ver com prováveis ligações ao dispositivo dos que aspiravam a uma intervenção partida dos quartéis. Mais: a insônia lhe devolveu um incidente quase esquecido.

Uma de suas alunas, Lorena Sintra, que lhe devotava um interesse um pouco acima do apreço por suas lições de teoria estética, lhe falara no bar da faculdade, onde tinham dividido um café, bem no momento da despedida, como que por acaso:

— Sabe a última novidade dos altos coturnos? Estão espalhando que se Tancredo vencer na eleição indireta serão na verdade os comunistas que tomarão o poder

Santelmo quis pedir mais detalhes daquela versão demente, mas a garota se afastou sem resposta, espargindo no ar uma fragrância de Chanel número 5.

Devia ter jogado umas pitadas de charme em Lorena, em busca de mais detalhes acerca de sua observação. Mas depois de três casamentos naufragados, o último dos quais falecido um ano antes, estava pouquíssimo inclinado a seduzir universitárias.

- 12 -

Essa Lorena o despertou para outras perturbadoras circunstâncias na semana seguinte. Beatrice, a bibliotecária do clube, lhe entregou um envelope com seu nome.

— Você tem amigos muito esquisitos em Porto Alegre — disse, sem disfarçar a contrariedade e o tom glacial da voz. — Recebi pelo Correio um envelope remetido a mim por alguém que não conheço: um Henri Verdoux. Abri e dentro havia outro envelope, dirigido a você.

— Oh, é uma alusão a um filme de Chaplin — observou Santelmo. E para disfarçar o clima de estranheza provocado pela curiosa remessa, desandou a falar sobre Chaplin e sua obra.

Beatrice o ouviu com um ar de desconfiança e interrompeu-o:

— Obrigada pela aula. Mas diga a seu amigo que não use mais o meu nome para lhe enviar qualquer tipo de correspondência, dr. Santelmo Cimbres. Aliás, não tenho ideia de como ele me localizou, usando com tanta sem-cerimônia o endereço aqui do clube. Nunca vi coisa parecida. Sabe qual foi meu primeiro pensamento? Entregar tudo à polícia. — E com evidente suspeição: — Se está envolvido em algum tipo de confusão, não me ponha nela.

— Desculpe, não faço ideia de como isso aconteceu. Me perdoe.

Beatrice o fitou séria e deu-lhe as costas.

Ele abriu o envelope e reconheceu a letra redonda de Lorena Sintra, que aprendera a identificar nos seus trabalhos de classe, em uma breve carta:

> *Não perca o sono imaginando como descobri seu paradeiro ou o nome e a localização da sua, digamos, cover. Só quero lhe dizer que você é um homem marcado. Fique bem quieto aí. Você andou se expondo demais. O tratamento que deu ao tal coronel não o tornou muito benquisto nem por ele, nem entre os que tramam longa vida para a Redentora.*

Aqui aumentam os grupos informais de resistência à ameaça de um golpe denunciada cada vez mais no Centro do país. Um sinal claro foi o do primeiro comício de campanha de Tancredo Neves, em Goiânia, quando surgiram muitas bandeiras dos partidos comunistas, com o objetivo evidente de associá-lo a movimentos mais radicais.

Meu grupo espalhou versões pelas quais você foi visto e reconhecido na fronteira da Argentina, em um hotel de Jaguarão e saindo de um chalé em Tramandaí. Quase a rosa dos ventos. Carinho, L.

Aquilo o assustou.

Tornou-se mais recluso, só dava uma passada rápida pela biblioteca do clube, onde uma *Zero Hora* atrasada estampava uma declaração do presidente da República, reafirmando enfaticamente que quem fosse eleito tomaria posse. Um colunista carioca, reproduzido no jornal, publicara no entanto que Figueiredo admitia, em seu círculo mais próximo, prorrogar o próprio mandato. Também passara a se referir a Tancredo Neves como Tancredo *Never*.

O general Figueiredo havia ganho notoriedade por seu amor aos cavalos, seus rompantes, sua alergia aos rituais do poder, sua obstinação e teimosia. Ninguém se mostrava capaz de contrariá-lo. Mas não realçaria sua intenção de promover uma transição política normal sem que soubesse de alguma ameaça real de anormalidade na sucessão. Era a lógica de Brasília.

O que não parecia nada lógico era o estado em que o presidente devia deixar o país. A época do chamado *milagre* era agora um retrato desbotado na parede. Figueiredo estava legando ao Brasil uma inflação de três dígitos, uma população mais empobrecida, uma moeda em queda livre e uma dívida externa monumental. Contavam a seu favor a abertura política, com a anistia, embora esta não fosse irrestrita e poupasse claramente os torturadores, o fim da camisa de força do bipartidarismo, a eleição direta dos governadores e um clima de distensão, ainda que sacudido por atentados em que se viam as digitais de militares extremistas.

Mas Santelmo tinha coisas mais próximas com que se inquietar. Releu a mensagem de Lorena, detendo-se na expressão *um homem marcado.* Concluiu que tinha mesmo origem no dedo duro do coronel Berguió, ainda possesso com a reação nada delicada não apenas à sua demissão e à supressão de uma matéria indispensável ao curso. Na prática a comunicação traduzira seu desligamento em definitivo dos quadros da universidade, onde era um mero contratado. E significava que um professor tido como subversivo era sempre um alvo fácil para os delegados do poder.

- 13 -

Depois da entrevista de Figueiredo, a imprensa passou a abrir mais espaços a uma possível oposição armada à candidatura de Tancredo Neves, o que, bem traduzido e compreendido, era na prática um sinal do ocaso do despotismo.

Santelmo afastou-se momentaneamente desses cuidados na manhã em que, sem motivo ou razão, Beatrice parou diante dele na biblioteca do clube e perguntou:

— Quem era a Rainha Tomiri, de que falou?

— Loira como você. Andréa Del Castagno foi um mestre ao pintá-la, no detalhe de uma tela. Mas você combina mais com sua tocaia, Beatrice Cenci. Foi pintada por Guido Reni. A tela está no Palazzo Barberini, em Roma. Essa Beatrice viveu no século XVI e inspirou escritores do talento de um Stendhal.

— Lhe perguntei porque tenho algum interesse por artes e, para um engenheiro, se é que é mesmo engenheiro, você parece entender do riscado. Mas nestas estantes não há rastro de livros a respeito. Pode me dizer como era Beatrice Cenci?

— Há dois fatos que lembro sobre Beatrice Cenci. O primeiro é que foi cruelmente supliciada. O segundo é que, contemplada de um ângulo, é morena, mas no oposto irrompe de cabelos dourados. Por que a atraem as artes?

— Coisas minhas — falou Beatrice. — E ah, sim, espero não voltar a receber nenhuma carta destinada a mim, que na real não era para mim, como aquela. Acho que é um caso inédito mesmo nos dias de hoje, além de muitíssimo esquisito. Bota esquisito nisso.

E virou-lhe as costas, feito quem tem questões mais sérias a tratar.

Ele torceu em pensamento para que Lorena não voltasse a usar aquele modo para escrever-lhe. Não atinava também como podia ter descoberto o nome de Beatrice e o endereço do clube. Mas não deixou de refletir irônico que os Correios, ainda que no caso por linhas tortas, eram a única coisa que funcionava com precisão absoluta no Brasil da chamada Revolução, assim com os trens começaram a chegar pontualmente na Itália após a ascensão de Mussolini.

- 14 -

Naquela noite, inesperadamente, lhe anunciaram a visita de Nathan, de sua jaqueta musgo e da camisa negra quadriculada de branco.

— A que devo a subida honra?

— Já que usou o adjetivo, haverá nesta pousada um líquido espumante que me ajude a escalar as alturas de um pileque?

Santelmo obteve da camareira algumas garrafas da cerveja local, mantidas em razoável temperatura com pedras de gelo na água da pia.

— O que tem feito, Nathan?

— Me dei conta de que neste lugarejo o único cavalheiro diplomado é o doutor. Também notei que se interessou pelo Cabo Milho.

— Era tão bom assim?

— Era soberbo. E aí, como lhe mencionei, começou a acontecer um troço estranho. Uma solteirona histérica jurou que o Jesus Cristo do Sermão da Montanha a fitava com ar acusador, como se desvendasse pecados que não tinha cometido. Uma vizinha garantiu que o Lázaro ressuscitado apresentava ereções sob o manto. E uma velha carola deu a conhecer que, nas Bodas de Canaã, em determinado instante o Filho de Deus flertava com Maria Madalena.

— Então eram todas piradas.

— Nem vem ao caso. Os boatos se disseminaram como dogmas, com a ajuda de Gruber, o único inimigo que tenho aqui, pois o cara é nazista. É um tipo que costuma usar sempre sobretudo. Acho que até toma banho de sobretudo, se é que toma. Uma vez tive de controlar meu cão, que queria avançar nele. A gente passa os sentimentos para os animais.

— Acho que já vi esse Gruber. Me lembrou uns tipos esquisitos, uns forasteiros que apareceram em Porto Alegre depois da guerra, quando eu era guri. Tinham cara de poucos amigos. Aqui, apesar do clima de altitude, vai começar a esquentar e ele não tira o sobretudo.

— Gruber é forasteiro, mas tem amigos. Está sempre aboletado na Porta Nigra com a sua corriola, que inclui até o subprefeito Vidal. Mas voltando ao caso: o vigário da época condenou num sermão dominical todos os murais, porque afinal eram pinturas de parede. Disse que eram artimanhas de um herege íntimo do Anticristo, que Lúcifer inspirava o seu pincel. Terminou ordenando que quem abrigasse uma só das composições demoníacas do Cabo Milho desse jeito de raspar e de sepultar com várias mãos de cal. Os colonos o obedeceram.

— Não sobrou nada?

— Aqueles murais magníficos foram raspados e, como se isso não bastasse, soterrados em cal. O que resistiu, embora também caiado, estava na casa do Vogel, mas é irrecuperável.

— Mas você os viu, Nathan.

— Nunca vão se apagar de minha memória. Retorno a eles em pensamentos, em devaneios. Me pergunto como toda uma aldeia pôde ser tão estúpida. Como podia haver aqui tantas damas aluadas, mais Gruber, o pai da canalha dos nazistas locais, e um padre estúpido?

— Não ficou nada?

— O Cabo Milho, desprovido de metal sonante, ofendido pelas ruas como um pecador, um incréu, um doido, se refugiou numa granja que existe não muito longe desta metrópole. Morou lá com uma filha que teve aqui em Triana. Trabalhou tempos nessa granja, sem obviamente espalhar onde estava. Mais tarde pegou carona num trem e se mandou.

— Tinha família?

— Casou-se logo de chegada com uma *fraulein* local, que não tinha parentes e não se incomodou com seu aspecto, nem com o seu passado. Ela morreu.

— Não sobrou um vestígio de sua arte?

— Não devia lhe confessar isso, mas esta foi minha última cerveja. Antes tinha provado uns *schnaps*. Fiquei meio grogue. Provavelmente amanhã me arrependa à morte por lhe contar. Eu vou jurar, mesmo sob tortura, que nunca lhe falei nada a respeito. Sobrou o melhor. Mas esse melhor — não sei se um ou mais murais, — está escondido. A pessoa que oculta essas pinturas só as deixou ver, acidentalmente, a um eletricista que fazia pequenos consertos em sua granja. Sem trocadilho, era um homem de poucas luzes. Me falou: o Capeta segue rondando Triana. Eu vi ele hoje, na Quinta do Torreão. Acho que vou entregar esse segredo ao Gruber, ao vigário. Não entregue! — gritei. — Puxei da carteira. Comprei o silêncio dele. Comprei sua mudez a respeito em várias prestações. De vez em quando ele me chantageava e eu lhe cobrava detalhes das pinturas, até que se mudou para Cerro Azul. Quis saber o que tinha achado dos murais. Foi a coisa mais linda e mais horrível com que topei em toda a minha vida — me disse o eletricista.

— Que torreão é esse?

— Doutor, o senhor é inteligente. Uma hora dessas descobre.

— É a casa do Vogel?

— A casa do Vogel é a de um novo rico. Ou era. O torreão tem uns toques de tradição. Já estou tramba com esta cerveja, que como sempre está quase intragável, logo num lugarejo em que se planta cevada. Da próxima vez, me arrume coisa melhor. Até qualquer momento.

- 15 -

Depois da saída de Nathan, Santelmo tentou deduzir em que ponto de Triana poderiam se ocultar preciosidades como as indicadas. Onde haveria ali um torreão? Não seria na igreja católica, o único prédio com uma torre: o furioso vigário que associara o Cabo Milho a um embaixador do diabo teria raspado as pinturas e recoberto com uma dúzia de mãos de cal. A casa do desaparecido Vogel fora despojada, segundo constatara, de semelhantes agravos a Deus Nosso Senhor. O clube, pelo que notara, não ia permitir nem a entrada do tal desertor estrangeiro. E a Porta Nigra estava havia milênios decorada por cenas medíocres de Trier. A vila se chamara, aliás, até a época da II Guerra, Neutrier.

Não se demorou em suas suposições. Bateu-lhe uma forte sonolência, aquilo que seu neurologista chamava de hipersonia, logo brindada por uma sucessão de pesadelos. O mais impressivo o devolvia à noite de um choque de trens no Paraná, de que poucos sobreviveram. A lista de mortos incluía seu pai e sua mãe. O personagem mais chamativo não era nenhum dos dois, que o tinham deixado solito no mundo aos 15 anos de idade. Era o misterioso contador holandês que escapara do vagão convertido numa tocha humana e que, levado ao hospital, se apagara sem pronunciar um som inteligível. Esse holandês, que, terminaram descobrindo, carregava na bagagem 22 barras de ouro inatingidas pelas chamas, lhe surgia para revelar:

— Teus pais conversavam sobre ti, com carinho. Teus pais te amavam. Teus pais também te odiavam.

- 16 -

Não era um tipo de mensagem animadora. O professor esforçou-se de manhã para exorcizá-la, desviando suas reflexões para longe, muito longe, para algumas das grandes pinturas e alguns dos grandes mestres que tanta influência haviam exercido desde cedo em seus passos e em sua formação estética. Nunca esquecia que muitos dos diálogos platônicos, em especial em O *Banquete*, tinham como tema o belo

Perguntava-se por que, em lugar de uma tragédia cujo espectro o acompanhava havia 30 anos, não lhe surgiam em sonhos A Criação de Adão, de Michelangelo, O Nascimento de Vênus, de Botticelli, As Meninas, de Velazquez, A Moça Com Brinco de Pérola, de Vermeer, O Homem do Elmo Dourado, de Rembrandt, A Noite Estrelada, de Van Gogh. Estendia seus devaneios para criações de Magritte, Klimt, Munch, Hopper, Pollock, a extraordinária Guernica, de Picasso.

Mas como não tinha jeito de encontrar essas obras ou esses mestres nem por miragem em Triana, não demorou a baixar de tão altas cogitações. Resolveu cuidar de assuntos práticos. Foi à garagem, aproveitando um momento em que a oficina mecânica estava deserta, e despertou o motor do Ford Corcel para certificar-se de que estaria em ordem no caso de uma eventual partida da vila. Fez um balanço da carteira e constatou que continuava bem provido de meios. Embolsara seu salário de professor, em espécie, na semana anterior à fuga de Porto Alegre. Algo acima de tudo o tranquilizava: nos últimos dois dias não vinha sofrendo nem fortes dores de cabeça nem desmaios, como os que o tinham levado ao médico e depois a um diagnóstico.

Alguns dos romances da biblioteca do clube já haviam sido lidos e relidos e ele procurou adequada reposição.

Beatrice foi franca:

— Se procura um Guimarães Rosa, um Garcia Márquez, um Machado, estamos permanentemente em falta. Dispomos de Joaquim Manuel de Macedo, Humberto de Campos, por aí.

— Nenhum romance inglês?

— Os de Cronin.

— O Torreão do Homem sem Alma?

— Não era Torreão. Era Castelo. Esse foi roubado.

— Já ouvi dizer que em Triana vivem pessoas sem alma. Mas me disseram que em Triana há também um torreão.

— É como chamam uma construção antiga, caindo aos pedaços, e que hoje só é habitada por morcegos.

— Quem construiu? Alguém mora lá?

O telefone soou e Beatrice voltou a ignorá-lo.

- 17 -

Um torreão não podia passar despercebido num povoado.

Retornou às mesas de canastra, onde, não demorou muito, após perguntas aparentemente casuais, foi informado por um parceiro de que ficava a alguns quilômetros ao norte, no derradeiro limite de uma estrada quase intransitável.

Na verdade era uma torre meio abandonada, com lances mal preservados, junto a outras ruínas e ao lado de um sobrado.

— De quem é o sobrado?

— É uma velha construção, sede de uma granja. Um português meio excêntrico a reformou, participando que aquilo era um tipo de cópia, não muito fiel, da casa da quinta de sua família, no Algarve. Já o torreão é bem mais antigo.

— Como o português veio bater com os costados aqui?

— Ninguém sabe ao certo. Mas parece que tinha uma boa conta bancária. Plantava árvores frutíferas nas terras ao redor do sobrado, se orgulhava de seu vinhedo. Não tinha muitos amigos. Adotou uma menina. Se afundava nessa granja, que batizou de Quinta do Torreão, quase não vinha até a vila ou recebia visitas. As exceções ao que parece foram dois estrangeiros como ele. Um era apelidado de Cabo Milho. O português o abrigou com a filha, segundo se diz porque apreciava muito umas pinturas suas, condenadas pelo representante local da Santa Madre, o senhor vigário. O outro foi Nathan, que cuidou da garota adotada quando ela precisou e lhe fazia todas as vontades. Consta que foi quem a livrou, isso já adulta, de um sedutor barato.

— E quem é dono do torreão hoje?

— Dona. A filha adotiva do português.

Nesse exato momento, a roda da canastra foi dissolvida por Beatrice, que entrou na sala de jogo e anunciou:

— O clube está fechando.

- 18 -

— Me fale de Beatrice — pediu a Nathan assim que o viu na Porta Nigra, com os esquisitos trajes habituais. Era sábado.

— Isso vai custar ao doutor novas provisões de cerveja.

— Já me converti em seu fornecedor.

— Era uma menina graciosa. Pelos 18 anos foi eleita Rainha da Primavera, aos 20 tinha virado a cabeça de todos os homens de Triana. Namorou vários, terminou caindo mais tarde na lábia de um espertalhão de Alhandra. Se chamava Nardo e era um homenzarrão de dois metros. Veio parar aqui a convite de Gruber, aquela bosta abjeta. Esse Nardo aplicou uma série golpes no comércio da praça e se escafedeu, depois da prensa que deram nele. Gruber jurou que não sabia quem ele era na verdade, o filho da puta. Beatrice então se empregou no clube, até por influência minha. Se recolheu a um mutismo quase hostil. Recebeu com indiferença os que tentaram uma abordagem. Herdou a granja dum português que a tinha adotado em criança.

— A Quinta do Torreão?

— Já vi que o doutor anda entregue a investigações sobre o passado da dama.

— E o patife de Alhandra?

— O canalha tentou incluir sua linda companhia na bagagem de fuga daqui, mas a senhorita recusou — Nathan encheu o copo. — Posso agora passar a temas menos aparentados com Beatrice?

— À vontade.

— Ninguém vem desfrutar de estações de repouso neste fim de mundo. Mas talvez eu o ajude a cuidar da saúde com uma informação simples. Tem um tipo que chegou hoje a Triana bem curioso a seu respeito.

Santelmo buscou manter-se calmo.

— Há muita gente curiosa a meu respeito. Quem é o cara?

— Um tira. É magro como um poste. Se hospeda com o subdelegado Amaranto, que o recebeu em sua bela casa como a um colega, um amigo. O Amaranto é uma pessoa um tanto curiosa.

Do dia pra noite trocou a meia-água em que vivia por uma casa nova em folha e passou a se apresentar com roupas de preço compradas em Cerro Azul, a sede do nosso valoroso município. Aliás a presença do cara em Triana tem a ver com o Amaranto, que desempenha há anos o papel de denunciador-geral desta praça. Qualquer coisa que ache estranha, como por exemplo um engenheiro desconhecido aparecer de repente para se tratar aqui, onde sequer há hospital, é levada por ele ao conhecimento de alguém na Secretaria da Segurança Púbica, em Porto Alegre. Ainda mais um engenheiro que retirou as placas de seu carro, segundo o dono da oficina mecânica.

— Tirei ainda na estrada, porque estavam quase caindo. O carro é de segunda mão e a lataria estava batendo muito, até as placas.

— Entendo. Mas o Amaranto vê fantasmas em toda parte. Que tempos ainda vivemos no Brasil, hoje! Um dos ajudantes do Amaranto deixou escapar no bar que esse tira que anda agora xereteando aqui tem fama de ter sido torturador. Veio falar comigo, jeitoso como um sorro manso.

— E você?

— Doutor, também já fui um fugitivo. Sei reconhecer outro. O senhor está em apuros e só vai me contar quais são se quiser, ou se de repente me acompanhar em mais umas cervejas e resolver que posso ser um bom confessor, desses que calam tudo. Dei um despiste no tipo. Comentei que o doutor foi acometido por uma doença da moda: estresse. Que lhe recomendaram descanso em algum lugar tranquilo e lhe passaram receita de uma porção de remédios para os nervos. Que é engenheiro e não esconde seu apoio ao governo reinante.

— E o rato?

— Me agradeceu muito, trocou de assunto. Até dividiu um chope comigo. Só que não me pareceu convencido.

— Que tipo de pessoa é?

— Na aparência, cortês, educado. O doutor ainda vai ter o desprazer de colidir com o sotreta a qualquer momento. Se precisar de alguma ajuda, costumo ser encontrado à noite na casa da dona do melhor e quase único cabaré local. Ela se chama Astéria e não será muito difícil descobrir onde mora. Mas preste atenção: não é no cabaré, é duas quadras acima, num sobrado, onde vive sozinha. Ou quase. Às vezes ela gentilmente me recebe.

- 19 -

Foi um aviso bem dado. Santelmo, temeroso, inventou uma piora súbita dos nervos e encerrou-se no quarto. Mas a janta daquele mesmo dia lhe chegou guarnecida por um espeto humano.

O visitante pediu licença para entrar, mostrou-lhe rapidamente uma carteira funcional da área de Segurança. Deixou-lhe entrever a arma que levava à cintura e confiou-lhe que andava no rastro de elementos que incorressem em incitação da ordem e outros delitos.

— Sua graça?

— Alceste.

— Pois lhe desejo o maior sucesso.

— É o que eu espero. Minhas obrigações incluem conversar com pessoas de bem, à cata de pistas de suspeitos.

— Lhe daria com o maior prazer, se soubesse de alguma. Sou um homem doente. Sempre apoiei a Revolução que salvou o Brasil do comunismo.

O rato não se impressionou.

— Compartilhamos a mesma opinião política. — E observando-o com toda a atenção: — O senhor se parece muito com alguém que não é propriamente das minhas relações.

— Quem seria?

— Este professor aqui. — O homem tirou da carteira uma foto de Santelmo doze anos mais moço, de cabelos compridos, muito magro. Era a de uma de suas estadas nos porões da repressão.

— Nunca vi.

— Ainda assim, poderia me exibir seus documentos? — E Alceste tornou a deixar à vista a arma que trazia na cintura.

— Sem problemas. Vou buscar.

— Lhe agradeço.

Foi o último agradecimento enunciado pelo tira.

Apavorado com a iminência de uma nova prisão, Santelmo descontrolou-se: armou-se da tranca de ferro que decorava a porta da peça de entrada, fora das vistas do visitante, que no momento tornava a examinar a foto, e aplicou-lhe pelas costas uma sucessão de fortes pancadas na cabeça. O homem baqueou no assoalho de tábuas. Santelmo aproximou-se mais, com cuidado, e constatou que já não tinha pulso: se transferira desta para melhor sem noção do que tinha morrido.

Com o coração batendo o recorde da velocidade da milha, Santelmo limpou nervosamente o sangue do assoalho e da tranca, recolocada no lugar, saltou pela janela e partiu para uma expedição de busca e apreensão de Nathan. Era a única pessoa em Triana com que julgava poder contar naquela brutal complicação.

Com perguntas discretas, encontrou o cabaré, e não foi difícil localizar o sobrado da dona.

Nathan abriu-lhe a porta e, com uma garrafa de cerveja na mão, indagou:

— O doutor aprontou alguma?

Santelmo primeiro certificou-se de que estavam sós e então explicou:

— Matei o patife, o rato de que me falou. Ele me procurou na pousada, estava armado e tenho certeza de que me reconheceu de outros carnavais. Estava ali para me prender. Já enfrentei prisões que chegam. Preciso de ajuda para remover aquela besta da pousada.

O outro coçou a barba, parecendo indeciso. Depois falou:

— Está bem. Conte comigo, mas não agora. Pelas três da madrugada, quando Triana toda estiver dormindo, o doutor ouvirá duas batidas na vidraça de seu quarto. Até lá vou pensar onde daremos digna sepultura ao filho da puta.

- 20 -

Foi uma espera extremamente tensa. Primeiro Santelmo livrou-se da janta, despejando-a para fora. Tinha o estômago embrulhado. Revistando com cuidado os bolsos de sua vítima, encontrou um mandado de prisão contra ele. Reduziu-o a cinzas no fogareiro, junto com sua própria foto e todos os papéis capazes de identificar o enviado da repressão. Espalhou os vestígios ao sabor do vento e concluiu que imergira numa monumental enrascada, cem vezes pior do que o corretivo que aplicara em Berguió.

Mas não perdera certa dose de senso prático. Reuniu na mala suas roupas e objetos pessoais, o prato e os talheres lavados, a arma de Alceste, mais as placas do Corcel. Foi à oficina e retirou o carro. O vigia adormecera e nesse estado continuava quando ele saiu, para estacionar num terreno baldio ao lado da pousada.

Quando Nathan enfim chegou, trazia fios de aço e uma lona, em que empacotaram em silêncio o cadáver de Alceste. Foi uma dura prova para os nervos e a musculatura carregarem a braços pela janela o corpo, logo depositado com dificuldade no bagageiro do carro.

Depois que resgatou a mala e sentou-se à direção, Santelmo perguntou:

— Para onde?

— Tome o norte. Por ali.

Esse ponto cardeal levava a um caminho pedregoso. Nathan comentou:

— Este seu lio é grosso, hein, doutor? Mencionou antes que já esteve preso, não foi?

Ele achou que era hora de dividir parte dos segredos que vinha guardando. Revelou quem era: um professor que se envolvera em uma agressão ao receber a notícia da perda de seu cargo e que vinha se passando por engenheiro, escondido ali em Triana, para salvar-se de perseguições políticas. Resumiu brevemente o episódio de sua demissão, aludiu às prisões anteriores, mais as denúncias que fizera contra Berguió. Calou-se sobre o mal que lhe afetava o cérebro: não era um drama que gostasse de compartilhar. Estava muito tenso e dirigia devagar, receoso de uma quebra de eixo.

— Era a alternativa que lhe restava — volveu Nathan. — Ou apagava o cara, ou se veria diante de uma nova prisão e tudo que pode significar, mesmo em nossos dias, uma prisão. O doutor não só matou um tira. Antes já tinha destratado e batido num coronel. Ofendeu tudo o que ele representa. Hoje ainda, talvez amanhã, é bem provável que Triana receba uma luzida comitiva de outros ratos, curiosos sobre o paradeiro de Alceste, como, a esta altura, o Amaranto já deve estar. Ainda assim, acho que o melhor lugar para o doutor se esconder é aqui mesmo, não muito longe da vila.

— Qual é mesmo o nosso rumo?

O outro não respondeu. Santelmo começou a descobrir quando, de repente, ouviu o ruído de uma cachoeira. Pararam à margem do que foi identificado por Nathan como o Rio Fusco, que se despenhava ali num largo remanso.

Havia blocos de cimento de alguma obra interrompida espalhados sobre os paredões da margem. O corpo de Alceste, firmemente embrulhado na lona, foi então amarrado com novos fios de aço a uma dúzia deles. Os dois tornaram a carregar o cadáver. A todo instante Nathan pedia que tivessem cuidado, pois a encosta junto ao rio ali era íngreme e ele não sabia nadar. Com vagar, empurraram o estranhíssimo esquife para o remanso, onde imergiu.

— Isso aí tem uns dez metros de fundura. É um túmulo onde o corno vai jazer em paz. Agora o doutor faça meia volta com o carro e pegue de novo o norte.

O norte, um quilômetro adiante, era a silhueta de um torreão e de um sobrado. Nathan abriu uma porteira, pediu-lhe que buzinasse.

Uma luz se acendeu em minutos e na porta da frente do sobrado apareceu Beatrice de roupão. Nathan e ela conferenciaram longamente, após o que Santelmo foi convidado a estacionar o carro num galpão atrás da casa.

Beatrice lhe disse apenas:

— Você vai se acomodar no torreão. É um bom esconderijo. Sei que deve estar cansado e nem notará a companhia dos morcegos.

— E Nathan?

— Nathan gosta de exercícios. Volta a pé para Triana.

Ele procurou o companheiro, mas mal divisou seu vulto tornando a cruzar a cancela, escoltado por seus imutáveis trajes estranhos.

- 21 -

Santelmo acomodou-se num lance vazio do torreão, indicado por Beatrice, protegido por uma porta com uma enorme chave, que ela levou. Estava trancado, entregue a seu medo e à exiguidade de um colchão de palha. Dormiu pouquíssimo. Já ao amanhecer voltou sua guardiã, que o premiava com um bule de café preto e roscas.

Ele ensaiou agradecimentos, mas ela o calou com um gesto.

— Sinto lhe comunicar que seu carro naufragou num remanso do Rio Fusco, semelhante àquele onde, segundo Nathan, mergulhou o tal Alceste, não muito longe deste lugar. Mas você não ficará aqui onde está agora. Se hospedará mais abaixo, no porão. Há sempre um velho tapete sobre a tampa de entrada desse porão.

— Você não deve ter dormido.

— Havia tarefas a completar.

— Fazer com que o carro desaparecesse.

— E cuidar para que não surgissem intrusos por aqui.

— Não tinha de estar agora no clube?

— Hoje é domingo. Não vou lá aos domingos. Lhe trouxe a mala. Abri antes, por precaução. Guardei comigo a arma. Enterrei as placas, o prato e os talheres. Vi também uma porção de remédios, mas isso não é da minha conta. Lhe dou um conselho: comece a deixar crescer a barba. Vai ajudar a disfarçar sua aparência. Não saia deste pardieiro. Se me acompanhar, eu lhe mostrarei a entrada do porão.

O tapete era enorme, parecia acumular a poeira de séculos. Sobre ele havia móveis igualmente antigos.

Beatrice afastou com esforço um armário que guardava ferramentas enferrujadas e ergueu um dos lados do tapete. Sob este havia um piso de parquê.

— Olhe bem o desenho que formam os retângulos do chão. Foram feitos com sândalo, um material imune ao tempo e às pragas. Vê como tudo é sólido? Não se nota em que ponto algum deles pode ser aberto. Me diga onde há uma passagem aí.

Santelmo examinou o piso, sem atinar em que parte poderia ser descerrado. Beatrice não tardou a mostrar-lhe: a tampa do porão, um retângulo perfeitamente idêntico aos outros, ficava no ponto de que ela afastara o armário.

— É impressionante como tudo se ajusta.

Ela abriu a tampa com a ajuda de uma faca oxidada, misturada às ferramentas do armário.

— Esse equilíbrio perfeito foi obra de um gênio da pintura, da geometria, da mecânica que viveu em Triana, onde era conhecido como Cabo Milho. Já deve ter ouvido falar dele, pela boca de Nathan. Agora é hora de você descer para o ventre da Terra. Não se preocupe, que vou colocar o tapete e o armário no lugar exato. Aí embaixo há uma cama e uma mesa. Há ainda uma pia, um vaso, uma lâmpada que se acende se girá-la, uma lanterna. Volto ao entardecer.

E sem mais uma palavra, se foi.

- 22 -

Santelmo começou aos poucos a enxergar nas sombras do porão. Estava recluso no subsolo de uma velha, sólida construção, levantada não atinava com que fim. Além da cama e da mesa mencionadas por Beatrice, a única outra mobília era um antiquado aparador junto à parede direita, ao fundo. O ar e os ruídos do mundo exterior chegavam por uma vigia móvel, com uma empeirada vidraça, bem ao alto, ponto em que o terreno exterior havia sido plantado de hortênsias. Mas o que o trancafiava infinitamente mais era o fato de haver matado um homem.

Era de pouco consolo a noção de que um dos dois tinha de enfrentar o outro. No momento em que mostrasse seus papéis ao tal Alceste, se veria ante a mira de uma pistola. Já era porém um homem marcado, como lhe lembrara Lorena Cintra, por sua reação pouco educada ao anúncio de sua demissão pelo coronel Berguió e por suas atividades políticas. Já era também um homem condenado pela sentença de morte sem recurso que minava seu cérebro.

Por isso havia sido mais rápido. Liquidara Alceste. Tivera a pronta e decisiva ajuda de um amigo. Fora abrigado por uma criatura insondável.

Naquela tarde ou no dia seguinte a polícia técnica de Porto Alegre ou de Cerro Azul estaria quem sabe levantando possíveis vestígios de homicídio na pousada. Sacanas disciplinados, bem mandados, investigariam o sumiço do rato, com a integral cooperação do subdelegado. A notícia do súbito, estranho desaparecimento de um agente da Segurança não ia passar despercebida e talvez fosse estampada nos matutinos de Porto Alegre já na segunda-feira.

Seu nome não tardaria a ser divulgado com todas as letras. Perguntou-se se os repórteres fariam algum tipo de ilação com a agressão a Berguió. Não era impossível, embora improvável, que o coronel soltasse o verbo, desde que alvo de algum colunista político bem-informado e agraciado pela virtude do destemor.

A camareira podia dar com a língua nos dentes, pois lhe levara prato e talheres com o acompanhamento da vítima. Mas Alceste, a janta e ele próprio tinham entrado juntos para o rol dos desaparecidos. Esperava que suas gorjetas sempre generosas inspirassem a ela um silêncio obsequioso.

O fato central é que não existia um cadáver e o suposto assassino do visitante sumira. Só que o assassino não era suposto. Era real. O real assassino se encontrava fechado num torreão, por deferência de um amigo de quem, enfim percebia agudamente, não sabia nada, e por gentileza de uma senhorita que no geral lhe dedicava uma frieza quase hostil.

Essas constatações pouco agradáveis lhe vieram com o séquito de uma forte vertigem e de hipersonia. Deitou-se na cama e adormeceu, em fuga de sua própria, sombria lucidez, velado em um pesadelo que parecia conter-se em outro, que lhe doía, por Lisandra, sua irmã, a de olhos garços, a que tanto amara, a que se demitira da vida.

— Eu era menina no dia do choque dos trens — lhe disse Lisandra. — Você, bem mais taludo, não cessava de falar no contador holandês, transformado numa tocha humana. Você não dizia meia frase sobre o pai e a mãe. Você jamais me consolou da perda mais trágica que pode haver.

- 23 -

Foi desperto desses espectros por Nathan. Trazia novidades, que ouviu a princípio ainda meio atordoado.

Triana tinha sido invadida por tiras. Triana estava sendo revolvida pelo direito e pelo avesso. Triana era uma praça sitiada pelos estertores da ditadura.

— Farejaram alguma coisa na pousada?

— Doutor: possuo experiência em dissabores como os seus. Saí daqui, ainda de madrugada saltei pela janela, brindei cada centímetro quadrado de seus aposentos com uma essência que desorienta até Deus, se esse potentado não for mera invenção humana.

— Que essência?

— Uma de meu conhecimento. O doutor esqueceu coisas tipo o seu xampu, caído num canto. Tirei tudo de lá. A tranca ainda apresentava vestígios de sangue, acabei com eles. No terreno ao lado havia restos de comida. Encobri tudo. Ninguém jamais ocupou aqueles quartos conjugados, o banheiro. Tudo ali é nulo, inodoro, invisível.

— E a camareira? E os donos da pousada, não vão abrir a boca?

— Os três são uruguaios, gente que escapou da ditadura de lá, que agora parece que está no fim. Tudo indica que se mantêm seguros aqui porque compraram o Amaranto. São pessoas de dinheiro, *hacendados*. Parece que mexem ou mexiam também com grandes operações de câmbio. Financiaram a casa nova, a repentina elegância do Amaranto. Não é curioso que, fugidos de uma ditadura, vivam em paz aqui por obra e graça de um sabujo de outra?

— O Amaranto não vai pressioná-los?

— Acho que não, pelo que lhe disse. O metal sonante compra tudo, em especial o deles, segundo ouvi bem depositado no City Bank ou em algum outro banco estrangeiro de Porto Alegre e não sei onde mais. São, para o nosso ilustríssimo subdelegado, a galinha dos ovos de ouro. Mas de novo, só Deus sabe. De qualquer modo, quando os tiras abrirem seus domínios, doutor, só encontrarão o nada absoluto.

— Onde aprendeu esse tipo de faxina?

— Em algo que chamavam de campo de concentração.

— De que lado você estava?

— No perseguido. No exterminado.

— E como sobreviveu?

— Nunca me entreguei. Nunca me rendi aos bárbaros, aos hunos.

— Os nazistas.

— Sou judeu, como meu nome indica. Escapei deles, digamos, por milagre, aquele prodígio também tão citado. Mas não acredito nessas coisas. Acredito é no arsenal de temeridade que reside em cada ser humano. Eu fugi, eu roubei, eu matei. Era em plena guerra. Mas não quero exumar nada disso, embora seja difícil calar.

— Por que difícil?

— Tem um nazista que vive até hoje bem aqui em Triana, já lhe falei. Seu nome é Gruber. Procuro nunca topar com ele, o que é problemático num povoado.

— Como sabe que esse Gruber é nazista? Ainda tem nazistas no Rio Grande do Sul quase 40 anos depois da derrota da Alemanha?

— Tem Gruber. Logo depois do fim da guerra esse cara surgiu aqui, do nada. Naquele tempo, tínhamos um subdelegado sério, competente, o Rocha. Desconfiou de Gruber, Deu uma batida em regra na casa dele. Sabe o que achou? Souvenirs, tipo a águia de Hitler, aquela com a suástica, é claro que em tamanho pequeno. Perguntou a Gruber a origem daquilo, Gruber disse que guardava para nunca esquecer dos tempos terríveis que tinha vivido na Alemanha, que a própria Alemanha tinha vivido. Mostrou seus papéis, o Rocha achou que estavam em ordem.

— Se o caro era mesmo nazista, o subdelegado não foi tão competente assim. Devia ter ao menos submetido esse Gruber a um interrogatório pra valer.

— Os tempos eram difíceis, tinha havido a deposição de Vargas. O Rocha, cria do Estado Novo, com toda a sua eficiência pensava primeiro em garantir seu cargo. É óbvio que confiscou a águia, outras lembranças, mais uns livros em alemão, mandados para Cerro Azul, e ficou de olho em Gruber. Devia ter procurado também dinheiro, dizem que o cara tem muito, escondido. Só que não demorou e o Rocha foi substituído na subdelegacia.

— E Gruber ficou.

— Ficou. Tinha e tem grana, que o Rocha não viu, ou não quis ver. Se acolherou com um pessoal bem situado em Triana, que não estranhava seu súbito aparecimento na vila. Muita gente aparece do nada aqui, como o doutor. Gruber continua frequentando a Porta Nigra, ele e seu sobretudo. Escolhe bem sua companhia, um grupelho de saudosistas do caos e do ódio, como ele, até gente que não tem sangue alemão, tipo o subprefeito Vidal. Há muitos anos venho tentando conseguir informações sobre Gruber, sobre seu passado, mas só encontro um muro de silêncio. Ainda assim, não desisti, nem vou desistir.

— Como é viver num lugar pequeno, convivendo com alguém de quem tem suspeitas?

— Difícil. Minha aversão por ele e a dele por mim são conhecidas por toda a aldeia. Gruber não suporta judeus.

— E fugitivos da Justiça, como eu?

— Espero que ele nunca chegue perto do doutor. Quero lhe dar um conselho: obedeça Beatrice, ainda que ela o mande se jogar de cabeça num poço. O doutor leva uma vantagem sobre a maioria dos fugitivos.

— Que vantagem?

— Ficou aqui mesmo em Triana. Nenhum assassino volta ao local do crime, ao contrário do que dizem. Eles escapam. O doutor não escapou. Esta granja é parte de Triana.

— Não vou estar muito exposto? — quis saber, sem entender muito bem o raciocínio de Nathan.

— Confie em Beatrice. Confie em Bronx. Trouxe comigo.

— Quem é Bronx?

— É um mastim. É uma fera. Bronx está agora solto lá em cima. Beatrice vai ensinar a ele a ser amistoso com o doutor. Mas não vai ser com quem vier incomodá-lo.

- 24 -

Santelmo conheceu Bronx quando Beatrice lhe levou um lanche. Era um cão enorme, que se aquietou quando ela lhe falou três ou quatro palavras em uma língua incompreensível. Bronx acercou-se dele como um poodle.

— Agora vocês são amigos.

— Não vai piorar as coisas se ele avançar num dos xeretas que podem vir farejar minha presença neste lugar?

— Isso só vai acontecer em último caso, se eu mandar. Quando algum abelhudo der com ele, vai se sentir um tanto intimidado. Bronx causaria medo a um tigre.

— Espero que sim. Mas por que você faz tudo isso por mim, uma pessoa que mal conhece? Nunca trocamos mais que dúzia e meia de palavras.

— Porque Nathan me pediu.

— Quem é ele, afinal?

— Alguém que me ajudou em horas difíceis. Um homem em quem confio. Agora é melhor você se alimentar. O serviço de hotelaria nesta granja não é o do Hilton. Eu só vou recolher a louça amanhã.

E segundo seu hábito, lhe deu as costas, depois que ele a ajudou a erguer a entrada do espaço superior. Ouviu-a ainda arrastando o armário por sobre seu refúgio.

A visita dos investigadores ocorreu logo ao amanhecer seguinte.

Beatrice e Bronx foram bem convincentes.

Os policiais fizeram muitas perguntas, um deles varejou o torreão, seguido de perto por ela e pelo mastim, que não se mostrou exatamente cordial, rosnando e arreganhando os dentes. Os outros inspecionaram o sobrado à direita. Na obscuridade do porão, Santelmo não mexia um músculo. Percebeu quando Beatrice, a pretexto de mostrar que o armário não ocultava nada, abriu-o para uma vistoria. Dentro só havia as gastas ferramentas já sem uso.

Perto do meio-dia, os agentes se foram.

Beatrice voltou a remover o armário, o tapete, desceu ao porão.

— Esses caras saíram bastante convencidos de que não há nada a procurar aqui. Fui prestativa e simpática com eles, Bronx nem tanto. Bronx assusta até um exército.

— Na vila não sabem da existência dele?

— Sabem, mas Nathan não o exibe como a uma atração de circo. Quanto a você, vai continuar quieto aqui. É preferível assim.

- 25 -

Ele devaneou com um convite para esconder-se bem junto a ela no sobrado. Foi um convite que não houve. Mas não o desagradava o cardápio simples servido no porão.

Lembrou a Beatrice que ela devia estar tendo despesas com ele. Ela respondeu-lhe que não se preocupasse com aquilo.

Estava contudo longe de se sentir tranquilo. Não tinha como ler jornais. Não tinha o que fazer, exceto render-se à sua inquietude.

Inventou um jogo de exercícios físicos pelos dias seguintes, buscou distrair-se de sua solidão examinando cada detalhe do porão, paredes abandonadas como ele, leu e releu edições ancestrais de uma revista de mecânica atiradas ali não sabia por quem.

Sua vida seria assim, por toda a maldita eternidade?

Nathan surgia ocasionalmente

— Triana se acalmou?

— Suspeito que há alguém em Porto Alegre especializado em espalhar notícias desencontradas a seu respeito. Ouvi isso da boca do subdelegado Amaranto. Os ratos andam atrás do doutor em Cachoeira, Passo Fundo, São Borja.

Ele recordou imediatamente Lorena Sintra.

— Os tiras já se foram de Triana?

— Ficou um sujeito que é um tipo de alcaguete de profissão. Está parando com o Amaranto, o delator-mor. Me aproximei dele na Porta Nigra, vi que mantém a suspeita de que o doutor continua na aldeia. Notei, porém, que, salvo sua desconfiança, está mais interessado numas diárias que recebe. Por ele, ficaria meses aqui.

— Eu e esse sacana dividimos o mesmíssimo pensamento. Me pego desconfiando que vou ficar neste retiro espiritual pelos séculos dos séculos.

— Beatrice não o trata bem?

— Dona Beatrice me lembra, sempre que pode, que sou um exilado do mundo.

— E será, até que tudo se acalme.

— Quer dizer: enquanto o alcaguete continuar recebendo as suas diárias sem o menor trabalho a não ser o de ouvir fofocas, enquanto o subdelegado de polícia quiser mostrar subserviência.

— É o preço a pagar, doutor.

- 26 -

Aos poucos foram sucedendo mudanças no comportamento de Beatrice. Ela ouvira de Nathan tudo o que havia a saber sobre ele, a começar pela forma bastante abrupta com que perdera sua cadeira de professor. Já não se fechava em silêncios repentinos, não tinha pressa de sair depois de servir-lhe a comida.

— Você lecionava, não?

— Dava aulas de teoria estética. Nada capaz de abalar os pilares da República, embora hoje em dia haja pessoas querendo maltratar ainda mais a educação média e superior, relegar minha especialidade, a teoria estética, a uma espécie de sub território da filosofia, um tipo de puxadinho.

— Não conheço bem sua área de ensino.

— É simples: a estética não é nenhum sub território, nenhum puxadinho. É uma filosofia, a filosofia da arte, a filosofia analítica da arte, como preferem alguns e como eu também prefiro.

— Tinha atividades políticas?

— Algumas. E as minhas aulas não eram hinos de amor à Redentora. A maior parte de meus alunos me apreciava. Muitas vezes cedia à tentação de passar da filosofia da arte para a filosofia da história, para a dialética. Os estudantes gostavam. Eu, mais do que eles.

— E então acabaram com a teoria estética.

— Ninguém acaba com ela. Mas ainda hoje podem acabar com um professor incômodo. Você tem lido os jornais?

— Chegam como sempre defasados. Fizeram algum barulho com o sumiço do sujeito que você despachou para o inferno. Mas depois surgiram outras notícias. Os editores não ficam sempre remexendo num mesmo fato. No plano nacional, Tancredo garantiu que se eleito não haverá qualquer tipo de revanchismo contra os militares. Assegurou também, sem dizer isso com todas as letras, que vai conter os radicais que o apoiam. Mas é óbvio que ainda assim há generais conspirando. — E subitamente: — Você tem família?

— Minha família sou eu, sobrevivente de três casamentos.

— É um cavalheiro instável.

— Elas eram mais do que eu.

— Isso não é muito simpático para com elas.

— Os casamentos terminaram, não é culpa de ninguém. Felizmente não tive filhos.

— Por que felizmente?

— Machado de Assis escreveu no fecho de seu melhor romance: *Não tive filhos, não transmiti a nenhuma criatura o legado de nossa miséria.*

— Era uma pessoa amarga.

— Era um imenso, inigualável talento. Puro gênio. Eu não sou, mas cultivo em estufa uma regular coleção de amarguras.

— Algum motivo em particular?

— Vários, em especial porque perdi meus pais ainda adolescente num desastre de trens. Foi no Paraná. Minha única irmã, Lisandra, se matou. Esses e outros tropeços nunca me tornaram, digamos, um homem feliz. Tenho pesadelos com eles.

— E precisa ficar remoendo o passado?

— De momento me inquieto mais com o presente. Não sinto remorso do que fiz com o sujeito que queria me prender. Precisava salvar a pele. Tomei a atitude que me restava, aliás a única.

— Falamos do passado e do presente. E o futuro?

— Prometo que não vou incomodar você muito tempo. Só tenho um caminho. Quando chegar a hora, vou embora, vou me homiziar na confusão povoada de alguma cidade tipo São Paulo, Buenos Aires, pelo menos até que o ambiente fique de novo respirável no Brasil. Se tivesse dinheiro, voltaria pra Paris, onde fiz meu pós-doutorado. Provavelmente daria jeito de trocar de identidade. Mas não creio que possa trocar minha alma.

— Você tem uma?

— Terna, carinhosa, reconhecida por existir uma Beatrice, um Nathan.

- 27 -

A conversa foi retomada ao acaso, dias depois.

— Me conte de seus pais, de sua irmã.

— São minha companhia em muitas noites. Assombram meus pesadelos, e o culpado sou eu. Acho que não consigo perdoá-los.

— De quê?

— Da saudade que me fazem sentir deles todos os dias da minha vida. Procuro trazê-los de volta, mas eles estão lá longe, em meu passado, tão longínquo, tão inalcançável.

— Terá de trazer de volta antes a pessoa que você é.

— Não me gosto.

— Três mulheres gostaram de você.

— Isso terminou.

— Você é dono de um senso de drama que me surpreende.

— Beatrice, você não teve os seus próprios dramas?

— Quem lhe falou?

— Ninguém. Mas é uma mulher linda e desejável. E no entanto namora a solidão.

— Tanto não namoro, que o acolhi aqui. Quando me deito à noite, penso: ele está no torreão, mal acomodado, perseguido. Não sei na verdade se tem mesmo ou não tem uma alma. Mas é hora de retirar essa louça e imergir no que chamam de realidade.

- 28 -

Quisesse ou não, a realidade o aprisionava. Tinha falado de São Paulo, de Buenos Aires a Beatrice, e refletia agora sobre aquilo como um novo tormento. Teria de recomeçar, arranjar um emprego, no início talvez nada além de guarda noturno de alguma empresa. Não era nada animador, embora melhor do que seu estado de proscrito. Nem chegava a depreciar aquele ofício. Mas nem de longe retomaria o gênero de vida a que estava acostumado.

Ia completar 45 anos. E o pior: era um homem doente. Recomeço nenhum, nessa realidade, seria animador. Lembrou por um instante de Sêneca, para quem não somos carentes de vida, mas pródigos. Se soubéssemos empregar bem nosso tempo, não teríamos a sensação de que vida é curta. Mas obviamente Sêneca jamais tinha feito uma tomografia, refletiu, acidamente irônico.

Nathan lhe deu razão quando tornou a vê-lo, embora ele não lhe houvesse confiado seu verdadeiro estado de saúde.

— Você será sempre um procurado — comentou. — Se esquecer sua profissão, se converter num tipo anônimo, carregará em seu íntimo, em cada segundo e minuto, a noção de quem era.

— Não tenho escolhas.

— Tem uma. Se plantar bem aqui. Não saia dos limites desta granja. Beatrice não vai ordenar: agora chega, vá embora.

— Por que diz isso?

— Porque sou um razoável entendedor da natureza do universo.

— Se incomodaria em traduzir?

— As mulheres são imprevisíveis. Mas não vim falar de mulheres. O famoso alcaguete se foi.

— Quando?

— Hoje. Me participou que tarefas vitais o aguardam em Porto Alegre, que o fim da ditadura é uma invenção de comunas. Que será recompensado com uma excelente posição pelos milicos da linha dura que tramam a perpetuação da Redentora.

— Estarei menos visado?

— Não. O subdelegado lambe o chão para agradar o regime. Esse senhor botou na cabeça a ideia de que quem está por trás do repentino desaparecimento do calhorda do Alceste se esconde em algum ponto de Triana.

- 29 -

Amaranto irrompeu sem aviso na granja.

Comunicou a Beatrice que dar abrigo a homicidas a transformava em cúmplice de um crime.

— Do que está falando?

— Do sumiço de Alceste.

— Não sei quem é.

— Um grupo de investigadores andou em sua propriedade. Eram pessoas de alto escalão da Secretaria de Segurança do Estado. Se foram desconfiados de que você, em algum momento, escondeu alguém.

— É verdade. Escondo aqui trabalho duro, a memória de pessoas que amei e aquele cão que está chegando.

Bronx rilhou a dentadura afiada.

— Se pensa que me mete medo, está enganada.

— Se há alguém enganado aqui é você. Encheu essa boca torta com o alto escalão de uma Secretaria de Estado, equipada de espiões, na suposição ridícula de que iria me amedrontar. Nada me amedronta. Se lhe interessa saber, tenho excelentes relações não em Porto Alegre, mas em Brasília. Esses bobalhões que invadiram uma propriedade privada são um bando de idiotas. Você é o pior de todos. Se me incomodar outra vez, será a última de sua carreira, não é, Bronx?

Bronx se aproximou de Amaranto com ares de que ia devorá-lo.

O subdelegado recuou.

— Não vou me esquecer esta recepção — ameaçou.

— Não, não vai. Fique sabendo que vou ligar não a esses palhaços que mandaram invadir este lugar. Vou ligar para gente que decide. Gente de Brasília. Estou controlando este cão. Ele não é muito amigável. Mas se você cruzar de novo aquela porteira eu simplesmente liquido com a bosta do teu carguinho e vou deixar este cão livre de cerimônias com intrusos indesejáveis.

Beatrice erguera a voz.

Mesmo o parvo do subdelegado sentiu que pisava em falso.

Quis emendar algo mais, mas Bronx o calou com um par de latidos.

— Você foi ótima — elogiou Santelmo. — Ouvi a conversa inteira pela vigia. Gostei daquela referência a Brasília. Você tem contatos lá?

— Não. Mas aprendi a me defender, mesmo mentindo. Uma mulher só precisa saber como.

— Beatrice, você não está só. No momento em que aquele crápula tentasse agredir você, eu lhe daria um chega pra lá.

— Bronx faria isso.

— Me atrevo a crer que eu seria mais sutil.

— Você já está muito encrencado. Sei cuidar de mim. Com sua licença, me agradaria agora de lhe trocar o lençol e a fronha.

— Com uma condição.

— Qual?

— Que você me dê licença para reparar uma imprecisão. Num professor, todas as imprecisões são imperdoáveis.

Primeiro ela cuidou da roupa de cama.

— Estou começando a pensar que é um resort de luxo — brincou.

— Cinco estrelas? Aqui as únicas estrelas moram no céu.

— Não vejo nenhuma destes paredões. Mesmo essa vigia empoeirada está protegida lá fora pelas hortênsias.

— E continuará assim. Mas o tempo corre. Logo será verão. Eu terei prazer em lhe informar como se chamam as estrelas deste pequeno canto do mundo. Qual foi o sua imprecisão?

— Beatrice Cenci, aquela dama de quem lhe falei, de acordo com alguns estudiosos foi pintada também por Da Vinci ou Delaroche e um outro retrato reside atualmente na National Gallery, de Washington. Vê só? Já não tenho certeza do que costumava saber. Um prisioneiro, por falta do que fazer, fica relembrando detalhes do que leu, ensinou, falou, e procurando se corrigir. Aposto que Beatrice era loira, mas não tão bela como você.

— Sou proprietária de um fugitivo que teima em me elogiar.

— Senhora Dona Minha, disponde deste vassalo. Mas nem tenteis anular meus pensamentos. Um perseguido professor de teoria estética sabe do que fala.

— Você é um mentiroso nato. Não me importo. Tenho espelhos em casa. Há neles a transparência da minha imagem.

Começava a sentir-se sonolento, bocejou.

— Acho que tenho mais que a sua idade. Não há espelhos aqui. Mas não sou nenhum astro de Hollywood.

— Todas as aparências são ilusórias. Vejo que parece com sono. Lhe desejo uma boa sesta, sem pesadelos.

- 31 -

Santelmo teve um. Suas três mulheres estavam num café e riam dele. Uma dizia que era um sujeito ciumento. Outra opinava que era péssimo de cama. A última concordava com ambas e propunha que o massacrassem.

As três o submetiam a um ritual sádico e riam como doidas.

Acordou muito tempo depois, em sobressalto. Os risos haviam cessado, abafados por um ruído real, de vozes e de carros.

Aproximou-se da vigia, que precisava há muito de uma boa limpeza. Pelo que pôde notar pelo vozerio, uma patrulha tomara de assalto a granja.

Não esperou um instante. Buscou um canto do porão, escutando o pisar de passos bem sobre sua cabeça a prêmio. A demonstração explícita de força durou mais de hora e meia, mas encerrou-se com latidos furiosos.

Beatrice não demorou a aparecer, finda a retirada.

— Quem eram?

— Uns caras sem uniforme, mas pelo que percebi, até pelo corte de cabelo, obviamente soldados ou PMs. Vieram em duas Veraneio, há muito as preferidas por nove entre dez ditaduras da América Latina. As duas tinham placas de Cerro Azul. Revolveram os móveis do sobrado e, como não encontraram nada que me incriminasse, pois nem livros guardo aqui, me bastam os da biblioteca, decidiram deixar sua marca da pior maneira por toda a parte. Até louças quebraram, numa estúpida, gratuita demonstração de força. Fuçaram este torreão, mas não descobriram nem de longe a tampa no assoalho. Eu reclamei, mas eles não me deram a menor. "Ordens superiores" — era a explicação do sujeito que comandava os vândalos. Bronx teve de ser acionado até que se retirassem. Bronx não foi nada hospitaleiro.

— Bronx é um aliado valente.

— Eu logo percebi quem era o mandachuva do assalto. Falei a Bronx que lhe dispensasse um tratamento preferencial. Por sorte o sujeito mostrou-se a insegurança em pessoa.

— Voltarão?

— Temo que sim.

— E o que faremos?

— Receio que você terá companhia neste porão. Vou abandonar o sobrado. Está todo de pernas pro ar e até a porta da frente foi alvo da violência dos caras. Vou trazer provisões para cá.

— Será uma hóspede bem-vinda.

— Prometo que não será importunado.

— Acho que nos daremos bem.

— Não duvido. O sobrado fica do jeito em que o abandonaram. Para todos os efeitos, não estou aqui. Vou dar jeito de pedir a Nathan que diga no clube que tomei férias. Tenho algo a lhe confessar. Já sumi algumas vezes neste buraco, desde menina.

— Posso saber o motivo?

— Melhor não.

— Você é mesmo um mistério.

— Os mistérios existem para não ser decifrados.

- 32 -

Beatrice regressou com alimentos, garrafas de água mineral, roupas, uma colcha enorme com que dividiu o ambiente sombrio em dois espaços independentes.

— É uma precaução exagerada — comentou Santelmo.

— Respeito a privacidade alheia.

Ele achou preferível não contrariá-la.

— Há ainda um cuidado extra a tomar — volveu ela. — Vamos subir os dois esta escada, recolocar o armário em seu posto, sobre o tapete. Será uma tarefa dura, daqui de baixo. Tornaremos a descer a escada sustentando seu peso por uma fresta. É capaz disso? Nossos pulsos vão ser moídos feito um hambúrguer.

Foi uma operação difícil, mas bem sucedida.

Repartiram sanduíches e uma conversação de início tensa.

— Ninguém lastima esta situação mais do que eu. Por que simplesmente você não corre comigo daqui? Sou um intruso.

— Já lhe disse que também me escondia aqui. Não por escolha. Fui uma criança jogada no vazio do mundo. Houve gente que me ajudou. Precisa falar de novo sobre isso? Eu não vou falar.

— Deve ter suas razões. Não sou bisbilhoteiro.

— Um dia talvez você as descubra, isso se Nathan já não bancou o indiscreto.

— Não conheço bem Nathan. Sei que é boa gente e lembra o Moisés de Michelangelo. Sei que é dono de um mastim. Onde anda Bronx?

— Livre lá por cima. Providenciei para que sobreviva.

— Por que está tão certa de que esses caras voltarão?

— É da natureza deles.

— E se nos localizarem?

— E se você esquecer um pouco seu pessimismo congênito?

— Transmito essa impressão?

Ela abrandou o tom:

— Desde que o vi você me pareceu um cara desprotegido e escorraçado.

— Não é uma definição de todo incorreta, no presente.

— E como era antes?

— Um professor respeitado. Um sujeito com sorte o bastante para ganhar uma bolsa em Princeton, a universidade em que estudou não um de meus pintores, mas um de meus escritores preferidos, Scott Fitzgerald. Um apaixonado por arte. Um desajeitado com as mulheres.

— E comigo.

— Do mesmo modo. Mas na biblioteca do clube você me dedicou um gelo capaz de fazer um urso polar sofrer um ataque de espirros.

Beatrice riu.

— Fui tão ruim assim?

— Você me colocou num freezer lacrado.

— Não tive a intenção.

— Sou tímido. Sou mau julgador.

— Se quer saber, eu olhei você e pensei: esse cara é um sedutor nato. Nunca lhe segredaram que é um tipo atraente?

— Atraio desgraças.

— Porque quer.

— Não. Porque a vida me fez assim.

— Foi alguma desgraça estudar em Princeton? Foi algum infortúnio ser professor universitário? Foi uma desventura reagir contra quem acabou com seu cadeira na faculdade ou com que ia liquidar com você?

— Há um filme antigo que vi mais de uma vez. O título em português é *Matar ou morrer.*

- 33 -

Santelmo Cimbres não morreu naquela noite nos braços de Beatrice, como desejaria. Ouviu seu respirar tranquilo. Ele não estava a salvo. Os invasores retornariam. Não era impossível que dessem com a tampa do porão.

Mas o cansaço o derrubou e no sono ele empreendeu uma viagem ao lugar em que numa das vezes o haviam preso, vários anos antes. Não era um abrigo agradável. Era uma cela junto a outras em que corriam soltos interrogatórios brutais. Era uma antessala do extermínio, pensava. Há quanto tempo vinha sendo exterminado? Há quanto tempo vinha sendo um perseguido? Que tamanho teria sua ficha nos órgãos de Segurança? Com que exatas palavras o neurologista o descrevera em sua ficha médica?

Para a surpresa de ambos, nenhuma tropa foi perturbá-los na manhã seguinte. Por volta das sete irrompeu um quarteto de policiais civis, sem nenhuma vocação para empreitadas duras.

Contentaram-se com uma visita em paz ao sobrado e um passeio pouco demorado pelos lances superiores do torreão.

Beatriz e Bronx os seguiram sem grande afeto e os agentes da lei e da ordem evitaram desafiá-los.

— Seu protetor é mesmo excelente — comentou Santelmo.

— Bronx não age a não ser intimado por mim ou pelo seu proprietário.

— Conhece Nathan há muito?

— Desde criança.

— Ele já tinha aqueles cabelos pontudos, tipo um Moisés?

— Não. Mas conservava cicatrizes na memória. Lembranças de guerra.

— Do que vive ele?

— Parece que chegou aqui com dinheiro. Quando o dinheiro terminou, foi marceneiro, bombeiro hidráulico. Não são profissões rendosas em Triana.

— Como se mantém?

— É um senhor insistente. Não descansou até que a Alemanha, de onde ele vem, admitisse seu direito a uma pensão. Não é uma quantia fabulosa, mas lhe chega pontualmente. Às vezes penso que a culpa é, mesmo agora, um dos esportes nacionais entre os alemães. Os alemães de hoje não são, é óbvio, culpados pelo terror nazista. Mas gerações anteriores são muito culpadas. A terra de um Goethe, de um Beethoven, não podia ter alçado um Hitler ao poder.

— Os caciques nacionais serão dotados da mesma inclinação pela docilidade?

— Brasília deve continuar fervendo. Neste momento, desconfio que os golpistas se aquietaram, ou teria havido uma reprise da invasão de ontem. Mas o estado de espírito daquelas altas patentes muda mais do que um cata-vento. — E sorrindo: — Você ronca, Santelmo.

— Ficou me escutando?

— Fiquei cuidando de você, acompanhando sua inquietude. Sou uma guardiã tão treinada quanto Bronx. Você não é apenas inquieto. É desamparado e carente.

- 34 -

Aquele era um sinal evidente, e não o primeiro, de que Beatrice se interessava por ele. Mas não estava certo de que devia mesmo se envolver com ela.

Por isso bebeu seu café quase calado. Acabou lhe propondo um assalto.

— Vou ao sobrado, cometo um roubo.

— Do quê?

— Você deve ter um rádio. Ando ansioso por notícias da pátria amada.

— A pátria amada continuará muda. Na invasão dos bárbaros sobrou também para o Telefunken. E as rádios daqui só transmitiam música campeira.

Ele arriscou:

— Você não é muda.

— Manejo razoavelmente a língua da pátria amada.

— E outras. Conversa em alemão com Nathan. Dá instruções a Bronx num idioma incompreensível.

— Não devia lhe revelar. Bronx entende tcheco.

— Quem lhc ensinou?

— Uma vez mais: são assuntos meus.

- 35 -

Não eram assuntos dela compartilharem de um porão.

Nathan era ali o único alienígena. Aguardou vários dias, surgiu com novidades.

— Triana se acalmou. O sumiço do tal Alceste, o seu próprio, doutor, não frequentam mais as conversas da Porta Nigra, do clube e, com licença de Beatrice, nem do cabaré da Astéria, onde às vezes compareço para tentar a regeneração de moças dadivosas.

— Você é um santo — brincou ela.

— Minha pregação não é um sucesso.

— Mas suas virtudes são um ótimo passaporte para o Reino de Deus.

— Acredito mais no inferno que nos cerca. Há uma luta surda pelo poder neste país.

— Quem está vencendo?

— Não sou adivinho. Por estes dias, segundo li e ouvi, a gangorra pesa mais do lado dos legalistas. Foi por isso que mandaram recolher os bravos rapazes de Cerro Azul. Mas o ministro do Exército não parece confiável. O clima no Planalto é de pessimismo e de inquietação.

— Meu Deus, que diferença de meses atrás, da campanha das Diretas Já, de todos aqueles comícios, só no de São Paulo havia um milhão e meio de pessoas, de toda aquela empolgação, até a derrota da emenda das Diretas Já. — E pensativa: — Os soldados não receberão contraordens?

— Só o Reino de Deus sabe, se sabe. Mas eu aconselharia vocês dois a não porem um dedo fora deste porão.

Quando Nathan se foi, Beatrice comentou:

— Ele não foi muito animador. Aliás, nunca é.

— Aí é que você se engana. Nathan tem uma paixão íntima.

— Por quem?

— Você sabe.

— Não sei.

— Por uns murais que, segundo jura, jazem esquecidos bem aqui na granja.

Beatrice o cortou:

— Seus roncos não me propiciaram grande descanso ontem à noite. Vou para o berço mais cedo, com sua licença.

- 36 -

Ele não teve licença para ignorar que, separada apenas por uma colcha, havia uma mulher lindíssima.

Ela havia armado o cabelo dourado numa espécie de coque que a tornava mais alta e mais bela. Acometeu-o a tesão de um monge, mas se conteve. Preferiu imergir em pensamentos lúdicos povoados de mil maneiras de possuí-la, começando por lhe desmanchar o penteado.

Volviam-lhe na esteira cenas idas, estreladas por mulheres com quem mantivera breves romances no Exterior, em cursos que tinham sido uma extensão de Princeton.

Yasmim na cama estreita do hotel em Salzburg, quando, pelas quatro da madrugada, ele ensaiava abandoná-la para que não fossem surpreendidos juntos de manhã pela arrumadeira luterana.

— Fica. Me aperta. Me aperta como se o mundo fosse explodir com a chegada da aurora.

Patrizia, vestida apenas com uma calcinha de renda negra, andando pelo longo corredor do velho *palazzo*, em Veneza, com duas taças de champanhe nas mãos:

— São para não te ires de mim. Há um milhão de taças neste mausoléu. Há todos os rótulos do universo. Sabias que o universo se detém enquanto somos um só corpo e até as galáxias se distraem de existir?

Elinor, depois do amor em Southampton, murmurando:

— Prometi estar com ele às oito para um jantar. Que são jantares? Quero novas carícias, os maridos e os jantares que esperem e sejam tomados de fúria e do som da fúria, cautelosamente abafados em normas de etiqueta. Me empresta teu corpo. Me empresta aquela parte do teu corpo.

- 37 -

O café lhe foi servido com um brinde: exemplares de Seleções do Reader's Digest bem do início da década de 60, achados por Beatrice no sobrado. Nada daquilo era uma amostra de literatura digna do Nobel, mas Santelmo se entregou aos textos como um náufrago. Detinha-se em anúncios do automóvel Simca-Chambord ou dos cigarros Colúmbia, percorria ora livros condensados, ora ácidos depoimentos contra a esquerda internacional.

Era uma forma de fuga de Beatrice, que se abrigara num silêncio ressentido, depois da menção aos murais.

Esse clima de afastamento, singular nas circunstâncias, só chegou a uma trégua quando, quase noite, imprevista ela o chamou ao seu território além da colcha.

A mesa precária o aguardava com um jantar.

— O que houve?

— Vamos fingir que é o meu aniversário. Aniversários exigem comemoração. Fiz uma travessura. Num espaço qualquer abaixo desta suíte, num outro porão, há uma adega. É inteiramente inalcançável. Só lhe mostraria como chegar a ela em caso de emergência absoluta. Você hoje se deliciará com um vinho que espero não esteja reduzido a vinagre.

Não estava.

Partilharam uma salada, salsichas, passas de ameixa.

Tornaram a abastecer os cálices, que ali eram simples xícaras, e dividiram com a prestimosa ajuda daquele branco do Neckar interditas confidências.

— Como eram as mulheres a que se entregou?

— Não me entreguei a elas.

— Por que casou?

— Não casei em cartórios ou igrejas. Me juntei. Me juntei três vezes. Foi com pessoas que precisavam de mim e eu precisava delas.

— Por quê?

— É um aniversário de porquês?

— Quem sabe.

— Porque eram inteligentes, bonitas, compreensivas. Acho que pensavam: esse cara é só. Eu sou só. Pode dar certo. Ele não é feio, desmazelado, bruto.

— Você não é isso.

— Acho que elas percebiam.

— Percebiam também que se entregavam a você por um tipo de conveniência?

— Era cômodo também para mim.

— Não existia paixão?

— Uns impulsos, no começo. Sou um cara difícil de aturar. Não sou brilhante, sábio, inteligente. Sou *moody*, como me descreveu uma colega americana. *Moody* é melancólico, soturno, aluado.

— Tenho uma ou duas tinturas de inglês.

— Não sou assim?

— A *moody* sou eu. Você já me viu assim, sem usar a palavra.

— Você é um poço de segredos. Decidi que não vou investigar o fundo.

— Nem tentar?

— Para quê? Para você me travar? Você me pôs de novo no congelador, só pela ousadia de mencionar uns murais.

— Esses pretensos murais só habitam a fantasia de Nathan.

— Te doem tanto assim?

— Sua inexistência me dói.

— Vou te confessar um troço. Desde que Nathan os mencionou, habitam também minha fantasia.

— Fantasia é o termo exato.

— Se não posso ao menos pronunciar a palavra murais é porque o poço, ou o abismo, são um limite. Não transponho limites.

— Esse é um limite meu, indevassável. Mas disponho de outros.

— Transponíveis?

— Doutor Santelmo: o senhor é livre para tentar.

— Tentar sem esperança? Você me disparou muitos porquês. Respondi a todos. Só vou experimentar um. Por que levanta muralhas entre nós dois?

— As muralhas nunca foram erguidas.

— Sei reconhecê-las quando as vejo.

— O que quer?

— Você.

— Como?

— Minha.

— Doutor Santelmo Cimbres, não estou em oferta — ela respondeu-lhe, glacial.

Ele falou, com a dignidade que lhe sobrava:

— Gratíssimo pelo jantar de aniversário. Boa noite. Não esqueça de fechar cuidadosamente a fronteira que é a colcha.

- 38 -

Era uma idiotice aquela sua reação final. Refletiu contudo que dois quase estranhos repartindo, ocultos, uns trinta e poucos metros quadrados, terminariam em atritos.

Intrigava-o a existência de uma adega inalcançável sob seus pés, um esconderijo abaixo de outro, que pelo jeito ficaria intocável. Beatrice tivera acesso a ele como por mágica, quando estava oculta pela enorme colcha.

Não seria razoável Beatrice lhe falar: tem mais um abrigo neste torreão, veja, o acesso é por ali. O conhecimento disso o faria mais tranquilo. Por que lhe negava até a noção de uma porta de escape?

Como estava colecionando pesadelos, aquela noite assaltou-o o estrelado por seu orientador em Princeton, o que tinha julgado suas telas sem grande valor.

Esse Professor Winship lhe dizia: vá a um desses jardins onde famílias suburbanas e sub inteligentes montam *garage sales*, vendem bugigangas, roupas, livros. Vendem até quadros, que lhe entregarão, dependendo, pelo mesmo preço de sua antiga geladeira, ou menos. Não estou lhe dizendo evidentemente que sua produção tem o mesmo, baixo valor. Mas ela não transmite nada de excepcional. Isso no entanto não é uma tragédia. Seja um professor em seu país. Os estudantes não vão lhe exigir que seja um Leonardo.

Despertou ainda noite, pensando no que poderia ter dito ao Professor Winship. Era comum só lhe ocorrerem respostas a frases que o tinham ferido muito tempo depois de ouvi-las. Devia ter dito a Winship que, caso ele não soubesse, o valor não era nenhum tipo de critério absoluto, que as obras de arte na verdade adquiriam valor só para pessoas de um momento dado, ou de um dado meio cultural. Acrescentaria ainda o que gostava de ouvir de um velho mestre, em Porto Alegre: que o valor é o próprio ser, visualizado intelectualmente numa perspectiva teleológica.

Mas teria sido difícil enunciar aquilo na lata, em inglês.

À primeira claridade, notou os esforços de Beatrice para abrir a tampa do porão, afastar o tapete e o armário. Não se mexeu da cama.

Deu-se conta após que partira.

O dia não foi muito alentador. Leu e releu um gasto exemplar de Seleções, preparou refeições frugais.

Ao crepúsculo ela regressou.

— Fui ao clube — anunciou-lhe. — As férias terminaram.

— Ninguém a incomodou?

— Inventei uma temporada em Santaclara, onde tenho primos de ficção. O presidente aceitou minha explicação. Precisa de mim. Os sócios foram curiosos, mas amigáveis. Mas teve um bisbilhoteiro.

— Quem?

— Sua Alteza, o subdelegado Amaranto.

— De novo? O que queria?

— Ensaiou outro interrogatório, desta vez sobre onde andei. Informei a Sua Alteza que não tinha de lhe dizer. Aí ele começou a perguntar sobre Alceste.

— E?

— E o quê? Falei, como da outra vez, que não sabia quem era.

— Eu não entrei na dança?

— Em seguida. Inteirei o Amaranto de que só tinha visto você de vez em quando, na biblioteca.

— Sua Alteza insistiu?

— Bastante. Participei-lhe que, se era um interrogatório, o lugar e o método não eram adequados. O crápula tornou a insistir. Mandei-o, me perdoe a expressão, à puta que o pariu.

— Acho que você foi bastante apropriada.

— Mandei o estrume ainda mais longe, com a voz um tanto alterada. Sei fazer isso muito bem, em várias línguas. Ele se encolheu. Acho que vai ficar bem encolhido.

— Agiu bem.

— Não agi bem com você. Fui uma menina má.

— Beatrice: você tem mais um daqueles vinhos?

— A adega é bem provida.

— Por que não sentamos ao redor de umas passas e de dois cálices de Neckar?

- 39 -

Ela fechou inteiramente a grande colcha em silêncio, por uns minutos, e reapareceu com o vinho.

Beatrice era iniciada em magia? — pensou. — Seria capaz de dissimular tão incrivelmente bem a porta de universos subterrâneos de seu único conhecimento? Não chegou a perguntar. Ela o calou com o Neckar, passas e confidências.

— Você sabe quem foi meu pai. Chamavam ele aqui de Cabo Milho, mas seu nome real era Milan Havel. Quando o obrigaram a tomar distância de Triana, eu ainda era bem menina. Viemos cá para fora. Havia um português, dono desta granja, que se encantou comigo, disse a meu pai que queria cuidar de mim como a uma filha. Atendia por Martim. Era um fugitivo da ditadura de Salazar.

— Há muitos fugitivos aqui. Outro dia, Nathan me falou até de um nazista.

— Gruber?

— Esse mesmo.

— Triana é um povoado que nem está impresso em mapas.

— Imagino.

— Quando meu pai terminou uma série de trabalhos que realizou aqui e teve que se ir, Martim me adotou. Me pôs na escola. Nunca me faltou nada.

— E seu pai?

— Ele não via futuro em continuar num lugar onde tinham condenado sua arte. Falo do vigário e de seus seguidores. A certa altura, tranquilizado com o carinho com que Martim me tratava, procurou outros ares, longe daqui, onde fosse compreendido. Pretendia me buscar, o que infelizmente acabou não acontecendo.

— Martim já tinha mexido neste torreão?

— Aqui havia ruínas, ao que consta da época das Missões dos jesuítas, coisa que jamais foi provada, mas ainda assim gerou uma porção de lendas. Falavam que no torreão havia uma arca com um tesouro. Mas Martim não veio para cá em busca de algum tesouro deixado pelos padres. Era político e também era construtor no Algarve. Possuía bens. Restaurou tudo à sua moda. Reformou o sobrado, mas de um jeito que terminou bem diverso das casas portuguesas. Nathan e o assim chamado Cabo Milho, meu pai, eram os seus amigos próximos. Eram quem recebia.

— Além de você.

— Eu já estava incluída em sua bondade. Cresci nesta granja. Quando Martim morreu, Nathan quis transformar-se numa espécie de terceiro pai, coisa que na verdade nunca foi. Mas foi bom comigo.

— E sua mãe?

— Não resistiu ao meu parto.

— E seu pai? Para onde foi?

— Milan Havel, é bom lembrar, foi escorraçado daqui. Era grande demais para as pequenas mentes de Triana.

- 40 -

A conversa seguiu branda noite adentro.

— O que havia de tão perturbador nos murais que seu pai pintou nas casas dos colonos? De que modo sua arte a afetava, Dona Beatrice?

— Você está me analisando? Isto aqui não é bem um consultório.

— Já notei. Esqueci meu divã em casa. O que quero saber é como os murais a tocavam.

— Havia neles uma técnica. As figuras como que mudavam de expressão.

— Tipo um filme, uma peça de teatro?

— Não. As cores iam, por assim dizer, desmaiando com o tempo, lentamente transmutando-se em transparência, algo que conhecedores tipo você chamariam de pentimento. Li muito sobre o tema, não aqui, mas na biblioteca de Cerro Azul, que é cem vezes maior do que a minha, para compreender ao máximo o que as obras de Milan Havel, das quais tinha forte lembrança de menina, transmitiam. Fui à universidade, conversei com professores.

— Tão bonitos como eu?

— Muito mais — sorriu. — Nas obras de Milan Havel tornavam, como que por um reflexo, mas um reflexo perdurável, as imagens subjacentes. Pense só: está aí um bom tema para um professor de teoria estética que me parece mais preocupado em me analisar do que com vãs filosofias. Os colonos se horrorizavam, achavam que ali tinha a mão do Demo. Se queixaram ao páraco. O reverendo ordenou que raspassem tudo, caiassem. Ninguém o desobedeceu. Ninguém entendeu que era nesse instante da, vamos dizer, transfiguração que se revelava uma obra de arte completa.

— Que técnica era essa?

— Uma que ensinaram ao meu pai em Pilsen.

— Na Tchecoslováquia?

— Você conhece geografia.

— Quem foi o professor?

— Meu avô Jan, pai dele. Se distraía com experimentações em pigmentos. Supõe que a Mona Lisa teve sempre aquele exatíssimo sorriso?

— Li algo a respeito, é claro que com muitas dúvidas. Há cem mil lendas cercando a Mona Lisa. Umas 200 mil ao redor de Da Vinci.

— Muitas delas não são lendas. Soube que Dona Gioconda foi roubada do Louvre no começo do século?

— Soube.

— Meu avô Jan, que não conheci, que no fundo era um anarquista e ao mesmo tempo tanto admirador do Renascimento como do *Risorgimento*, esteve envolvido, sem ser exposto, no sequestro.

— Podia ter virado bilionário.

— O objetivo dele não era dinheiro. Estava enfeitiçado pela técnica do Leonardo.

— E a decifrou?

— Tanto que ele e seus amigos devolveram o quadro ao Louvre. Outras pessoas acabaram acusadas do desaparecimento. Espero que agora não saia espalhando isso por aí.

— Nem tenho para quem espalhar, Beatrice. O mundo fica longe daqui. Mas você tocou num ponto que me interessa. Dei sempre muito valor em meus estudos, e nunca deixei de ressaltar em minhas aulas o tempo fantástico do final do século XV e o começo do XVI, na Itália. Entre 1482 e 1499, Leonardo esteve a serviço do Conde Sforza, em Milão. Dividiu-se entre o projeto daquela catedral estupenda e obras como A Virgem das Rochas e A Última Ceia. Durante seis anos, em Florença, entregou-se a outros trabalhos imortais, a começar pela Gioconda. Mas esse tempo não era apenas o seu: era também de um Botticelli, de um Pico de La Mirandola, de Michelangelo, de Maquiavel. Leonardo, no entanto, foi o mais grandioso de todos. Dizem que foi o primeiro a compreender a interdependência de cultura e ciência.

— E qual é exatamente a ligação entre estética e arte? Me desculpe se a pergunta lhe parecer simplória.

— Não há nada de simplório nela, tanto que a mesma curiosidade levou à publicação de quilos de tratados a respeito. A estética como que molda os parâmetros de beleza da arte. Desde os gregos, é um jeito de percepção do belo, do sublime. Mais tarde, Kant sustentou que o artista é responsável pela reinterpretação do mundo que o cerca, por alcançar o belo através de sua arte. Era disso e de muitas outras coisas que eu falava em minhas aulas.

Ela levou a mão de leve a seu rosto.

— Um dia você tornará a dar aulas. Um dia voltará a falar a seus estudantes sobre a época maravilhosa de Leonardo. Não seria também a de Lorenzo, o Magnífico?

— Dele e de sua poderosíssima família. Mas descanse, Beatrice. Eu não vou sair hoje desta granja. Se saísse, não iria publicar nada nos jornais sobre as aventuras de seu avô.

— Um dia você se irá. Um dia se cansará deste asilo sombrio. Um dia não me aguentará mais.

— E você?

— Preciso comunicar que estou te abandonando. Minha casa não é esta. É o sobrado. Poderia chamar operários para recompor os estragos. Resolvi me encarregar eu mesma.

— Estou às ordens para consertos.

— E se mostrar? Os vizinhos desta quinta, graças a Deus, moram distante. Mas você é uma pessoa procurada. Não se afaste deste belo apartamento. Levo comigo a colcha. Levo comigo uma saudade.

— Do quê?

— Da sua companhia. Foi um gentleman. Os gentlemen precisam ser nutridos. Precisam de roupas de cama. Serei sua governanta.

— Eu gostaria de que fosse qualquer coisa além.

— Se for um bom rapaz, eu virei conversar.

— Sobre murais?

— De tudo, menos murais.

E Beatrice voltou para o sobrado.

- 41 -

Já Santelmo ficou pensando em tudo o que as palavras escondiam das palavras. Nos dramas e silêncios de que se teciam.

Beatrice não falara muito sobre Martim. Ela devia ter inúmeras lembranças de Martim. Como um português do Algarve terminara se escondendo em Triana? O que realmente o obrigara a escapar de Salazar, senhor de Portugal, dono de um povo, de uma nação, de um império que se estendia da África à Índia, à China, ao Timor? Quem era realmente Nathan? Por que remotos motivos resolvera mais tarde cuidar de Beatrice? Quem era em verdade o autor dos murais que trocavam de fisionomia, o Cabo Milho, o tcheco Milan Havel, o rejeitado por um cura estúpido e sua milícia de carolas?

Havia palavras não ditas, refugiadas no interior das palavras ditas. Por que Triana era uma cidadela de fugitivos, e ainda assim tão exposta, tão vulnerável?

Sabia a razão pela qual estava ali. Seu carro, agora mergulhado em um rio, tinha sucumbido a uma pane na entrada da vila. No tempo de Martim, de Nathan, de Milan Havel, do tal Gruber não existiam automóveis Ford Corcel. O que convocara outros fugitivos a Triana, como os uruguaios da pousada?

Santelmo foi convocado por uma história adocicada de Seleções, de que nunca se inteirou do fim. Foi nocauteado por náuseas e uma fortíssima dor de cabeça. Baqueou na cama. Onde se ocultavam sua mãe, seu pai, sua irmã? — se perguntava. — Ali em Triana? No subsolo de suas culpas pelo crime que fora obrigado a cometer na pousada? No subsolo de seu esconderijo? Quantos subsolos mais haveria no torreão?

- 42 -

Acordou desorientado, como que perdido das dimensões de espaço e tempo, estado que felizmente não se prolongou muito.

Foi tornando a perceber aos poucos a noção do naufrágio de quem era, do subsolo do mundo onde estava. O nexo com o hoje, com o momento, lhe tornava como uma dádiva de luz. Já não estava mais alheado do agora, já não estava mais alienado de sua circunstância.

Um dos primeiros pensamentos que lhe vieram, transposto o túnel de seu desnortear, foi o de que abaixo do seu quarto improvisado havia uma adega, talvez murais de enorme valor. Quando se sentiu recuperado por inteiro, já dia claro, tateou cada centímetro ao seu redor à procura do acesso. Tudo era fixo, sólido — indevassável como certos capítulos do passado de Beatrice. E no entanto ela lhe falara de um espaço inferior, ela abrira algum tipo de passagem para fazer surgir os vinhos, com a simples proteção de uma colcha, de um limite bem fixado entre ambos. Examinou infindamente os tijolos das paredes e nada se moveu.

Ela acabou surpreendendo-o em plena operação e riu:

— Procurando os tesouros dos jesuítas?

— Não: vinhos. As horas costumam transcorrer lentamente neste palácio. Sou quase abstêmio, um grave defeito. Mas não desgostei daqueles líquidos do Neckar. Ou me dedico a eles, ou fumo uns baseados, ou tento cocaína.

— Só há vinhos num outro porão, em algum lugar abaixo de nós. E o ingresso que leva até eles é uma ciência indivisível por esta dama. Além do mais, não é aconselhável pelos médicos beber às 7 e meia da matina.

— Onde cursou medicina?

— Na prática. Martim e meu pai não detestavam um bom vinho. Nathan, como sempre, preferia cerveja. Martim importou muitos rótulos europeus. Mas tenho uma bebida mais adequada aqui.

Retirou de uma sacola a térmica com café.

— É uma essência que embriaga?

— Não, se misturada com pão e manteiga. — Ela depositou tudo na mesa. — Tenha um bom dia.

— Virá dizer alô a um desterrado quando se livrar do clube?

— Vou meditar sobre a proposta.

— Seja mais compassiva. Rapte uns livros da biblioteca para mim. Quem sabe algum que fale dos tesouros dos jesuítas escondidos bem aqui.

— Esse livro nunca foi escrito. Tenho outros. Tenho poetas como Gonçalves Dias, Fagundes Varela, mais uma tradução de Lamartine.

— Lamartine escreveu um poema intitulado *Le Lac*. É sobre suas recordações da amada que perdeu, junto ao lago em que se encontravam. Esse poema era um dos preferidos de Machado de Assis.

— Na biblioteca do clube deve se chamar *O Açude*. Vou pesquisar. Mas desista de suas buscas nessas paredes.

- 43 -

Santelmo queria reler, ainda que mal traduzidas em sua lembrança do original, passagens como: *Na noite eterna levado sem retorno, nunca poderei, no oceano das idades, lançar minha âncora um só dia?* E mais rimas que implorassem: *Ó tempo, suspende teu voo.* E ainda versos em que pudesse indagar: *Eternidade, nada, passado, sombras, abismos, o que fazem dos meus dias?* Provavelmente Lamartine não iria gostar de sua versão de memória de *Le Lac* nem das licenças que sua mente estava tomando com as centelhas de seu gênio.

Mas não chegou a lhe pedir opinião: Beatrice descobriu que havia mesmo um *Le Lac* nas estantes do clube, numa gasta, eclética antologia, em mistura com Almeida Garrett e Olavo Braz Martins dos Guimarães Bilac.

Santelmo leu o texto como se o estivesse percorrendo tudo em Francês.

Beatrice o pegou mais tarde ainda entregue àquela imitação de um poema imortal e às suas próprias tentativas de recriação do original.

— Lamartine foi massacrado, não foi? Gosta de crimes?

— Não contra pessoas, a não ser que inevitáveis.

— O seu não foi crime. Apagou um mensageiro da prisão. Ou da morte.

— Mas suporto os delitos literários. Terei de me acostumar com os artísticos.

— Ignore Nathan e sua imaginação.

— Nathan me transmite a impressão de ser um senhor culto.

— E é.

— Por que me falaria de murais incomparáveis, homiziados em Triana, ocultos nesta quinta?

— Por que não esquece os murais e se concentra no real?

— O que é o real?

— Esta empada. Raptei do clube.

- 44 -

Estava soberba, embora não tanto quanto Beatrice.

— Teve muitos admiradores?

— Essa é uma versão corrente na vila.

— Por que nunca se casou?

— Faltaram candidatos. Sou exigente.

— Não houve nenhum que a impressionasse?

— Um. Não era um modelo de caráter. Depois surgiram dois ou três senhores insistentes, que fiz que desistissem.

— Onde anda esse que a impressionou?

— Há pessoas que abandonam subitamente Triana.

— Caso de seu noivo.

— Nardo? Sim, aquele brutamontes fugiu. Não me tratava com muita delicadeza. Aliás, nem chegou a ser meu noivo. Se enredou nuns negócios pouco recomendáveis.

— E seu pai? Por que se foi?

— Escorraçado pelos preconceitos da Santa Madre.

— Tem notícias dele?

— Há uns anos soube que estava num lugar muito longe daqui. Tentei contato. Minhas tentativas fracassaram.

— Se pintou murais magníficos, segundo Nathan, acabaria se tornando famoso.

— Lembra aquele milico de que lhe falei, o chefete que gelou ante a pouco amistosa vigilância de Bronx? Meu pai não conseguiu libertar-se, numa escala muito mais ampla, de seus próprios terrores.

— O que receava?

— O horror. Carregava a visão da morte em seu coração, em sua alma, em sua mente. Já ouviu falar de chacinas? De gente jogada em imensas fossas comuns? Dezenas, centenas, milhares? Uma dessas execuções múltiplas — e divertidas, pois os soldados nazistas riam como num espetáculo de circo — aconteceu em Kiev, na Ucrânia. Meu pai estava lá. Em 19 de junho de 1941, os nazistas tomaram a cidade — li sobre isso um milhar de vezes. Meu pai, Milan Havel, que aqui se transformou no Cabo Milho, fazia parte daquela horda de bárbaros. Não foi uma ocupação fácil. No dia 24, ou seja, quase em seguida, houve um ataque a bomba ao QG dos hunos, antes recebidos como vitoriosos, como preferíveis ao despotismo de Stalin. Não foi o único atentado dos resistentes. Os alemães jogaram a culpa sobre os judeus. Planejaram a vingança com vagar e método. Na manhã de 29 de setembro os judeus — multidões deles, com crianças chorando — foram reunidos, despojados de seus pertences e abatidos aos grupos junto a uma enorme ravina, Babi Yar. Alguns tiveram a princípio a crença desesperada de que estavam sendo levados a trens em que seriam deportados. Só nos dias 29 e 30 daquele setembro, mais de 33 mil deles foram fulminados com tiros de metralhadora. Depois sobrou para os ciganos e os prisioneiros soviéticos. O aniquilamento prosseguiu por meses. Cem mil pessoas foram assassinadas. Meu pai foi tomado já no início do massacre por uma asco tão grande pela humanidade que desertou.

Foi a última palavra que Santelmo ouviu.

Tinha acontecido de novo

Seu cérebro se ensombreceu de dor e ele imergiu numa sonolência invencível.

- 45 -

Retornou entontecido ao mundo, depositado na cama. Beatrice e Nathan o fitavam apreensivos.

Nathan falou:

— Não se agite. Sei o que é isso.

Ele notava outras imagens lhe voltando, o cérebro tomado ainda pelo sofrimento, como se comprimido por tenazes.

— Desculpem — murmurou.

Nathan agora massageava suas têmporas, como se aquilo adiantasse.

Quando tudo se tornou algo mais nítido, com a ajuda da lâmpada que pendia do teto, Santelmo repetiu:

— Desculpem.

— Não posso ir a Cerro Azul, chamar um médico — tornou Nathan. — Seria entregá-lo. Há quanto tempo isso lhe acontece?

— Algum.

— Sabe o que tem?

— Uma ideia bem aproximada.

— Por que não contou? — era Beatrice.

Santelmo percebeu que ela dominava a emoção. Mas agora tudo lhe parecia claro e bom. Escapara.

— Para quê? Já lhe causei problemas demais.

Uma toalha úmida envolvia sua testa. A dor não cessara de todo, mas sentia-se grato por estar vivo, entre amigos.

— Desde quando cuida de doentes, Nathan?

— Desde Sachsenhausen, uma das engrenagens de extermínio nazista, de que só me salvei porque tinha noções de enfermagem. Fui forçado a ajudar os carrascos num simulacro de hospital.

A voz de Nathan foi sumindo e ao espertar Santelmo Cimbres percebeu que sua melhor companhia era o olhar azul e desolado de Beatrice.

- 46 -

Ela buscou retê-lo deitado no leito com uma canja, mas seus músculos reclamavam movimento. Sentou-se.

A mão lhe tremia, o prato carecia de aquecimento, mas ele encarou a canja com vontade. Num gesto automático, bebeu direto o pouco sobrante na terrina.

— Agora sei o que é um apetite de náufrago — sorria Beatrice.

— E eu sei o que vai me perguntar. Sim, é grave. Tem uma espécie de bolha se expandindo na minha cabeça. Nada pode ser feito.

— Foi a algum especialista?

— Sim. O diagnóstico não foi animador.

— Nathan mencionou um neurologista de Pelotas, há anos sob a mira dos militares. Ele viria até aqui. Tem ainda um inglês na vila, que diz ser formado em Medicina e parece que é. Não pode clinicar, mas pratica benzeduras. É uma pessoa culta. Ele também não se negaria a examiná-lo.

— Eles repetiriam o que já me disseram. Que um dia essa flor maligna que cresce dentro da minha cabeça explode. Que então serei nocauteado em definitivo. Que até lá procure viver sem pensar que sou um condenado. Por que não começamos neste instante, Beatrice? Por que não calamos a respeito?

Ela o estreitou com brandura.

Ela perguntou:

— Quer me dar a honra de cear comigo no sobrado? Isso é, se estiver realmente melhor.

— Será exigido traje a rigor?

— Apareça de bermudas, se quiser.

- 47 -

Ele repousou um pouco mais, já sem dor. Tomou então o banho possível com o auxílio da pia, meteu-se numa calça jeans e numa camiseta. Sentia-se agora bem.

Ele a encontrou no sobrado trajada como quem vai a uma festa.

Portas e janelas estavam cerradas. Havia um candelabro aceso.

Santelmo observou o ambiente, com duas poltronas, mais umas cadeiras de armar.

— Você deve ter passado tempo recompondo isto.

— Só esta sala, a cozinha, uma parte de meu quarto. Eu pensava: alguma hora dessas meu vizinho aparece.

— Seu vizinho apareceu.

— Como está?

— Melhor. As crises vêm e vão. Mas combinamos não falar nelas, Beatrice Cenci

— Beatrice Havel.

— Beatrice é um nome bonito.

— Devo a uma condessa.

— Quem era?

Surgiu um vinho do Neckar, ela o serviu em cálices trincados.

— Perdão pela qualidade do serviço. Beatrice Bellini era da nobreza italiana. Abrigou dezenas de *partigiani*, homens e mulheres que lutavam contra o fascismo. Subornava quem podia. Meu pai a conheceu de nome e passou a admirá-la. Está disposto a escutar outra história?

— Com este vinho, eu ouviria a lista telefônica.

- 48 -

Beatrice lhe respondeu com uma narrativa que em certos pontos a comovia.

— Naquele mesmo ano de 1941, o do extermínio em Babi Yar, mas já mais perto do final, o Núncio Apostólico da Santa Sé na Turquia e na Grécia recebeu instruções para que visitasse Trieste. Chamava-se Angelo Roncalli e sua missão na cidade era imprecisa. Mesmo as malas diplomáticas da Cúria Romana não escapavam de indiscreta inspeção dos lacaios de Mussolini. Foi acolhido com desconfiança na diocese, mas era dotado de uma habilidade: desarmar os espíritos com seu aspecto geral de camponês. Tinha duas outras qualidades: era perceptivo e corajoso. Logo descobriu sua tarefa. Havia um navio mercante fundeado no porto, que não demoraria a partir com uma jovem carga: crianças judias que seriam enviadas a um destino sem retorno. Angelo Roncalli, que já tinha se defrontado com um desafio similar em Istambul, reprisou a travessura anterior. O barco ia zarpar em dois dias. Não perdeu um minuto. Abandonando sua mansidão, ordenou serões compulsórios a monsenhores, cônegos, padres, freiras e ao bispo em pessoa. Preencheriam certidões católicas de batismo com nomes e dados supostos, perfeitamente cristãos, para as crianças do navio. Roncalli subornou generosamente os guardas italianos do asilo onde estavam detidos cada menino e cada menina condenados ao extermínio. Ao amanhecer do dia da viagem não havia um só que não tivesse trocado de identidade. Não havia um único incapaz de desenhar, da testa ao peito, o sinal da cruz.

A farsa foi denunciada, mas Angelo Roncalli não se abalou. Ameaçou as autoridades locais com uma crise internacional, pois afinal era um diplomata a serviço do Vaticano — embora o Vaticano fosse algo insensível aos dramas da guerra —, multiplicou os subornos, terminou desviando o curso do navio para Santos, aqui no Brasil. Em meio aos passageiros estava o meu pai.

— De que modo Milan Havel conseguiu se infiltrar?

— Seu passaporte era o desespero.

— E não deram por ele?

— Se tornara um homem treinado em enfrentar o perigo. Tinha atravessado meia Europa, castigada por um frio rigoroso, metido em roupas civis, num sobretudo roubados. Caminhava à noite, escondia-se durante o dia. Fez longos trajetos como clandestino, a cada vez que conseguia entrar oculto em um trem, numa barcaça. Comia restos de alimentos. Roubou um par de muletas. Se transformou a certa altura num pedinte, num fantasma sujo e malcheiroso. Bancava o louco. A quem o surpreendesse agia como um, pronunciava frases desconexas. Foi encarcerado um par de vezes, logo solto. Alcançou o Adriático. Atingiu Trieste. Ali ouviu sobre o barco que seguia para rumo ignorado. Acabou descoberto sob a lona de um escaler. Foi levado ao capitão do navio. O sujeito achou que já se metera em complicações demais carregando crianças para um país que nem conhecia. Teve a bondade de não jogá-lo pela amurada. Alimentou-o, não antes de lhe sugerir, com a energia requerida pela ocasião, um banho. Os marinheiros tiveram pena dele. Cada retalho de roupas imprestáveis ganhou um dono.

— E não remexeram seu passado?

— Se esforçaram. Mas ele só respondia em sua língua.

— Tcheco.

— Tcheco. Tinha nascido e crescido em Pilsen. Quando Hitler anexou seu país, os descendentes de alemães da Boêmia foram alistados à força. Milan Havel, um jovem artista sensível, além disso arquiteto e físico, foi convertido num dos hunos.

— E então desertou, fugiu, acabou de carona num cargueiro. De que modo veio parar aqui?

— De novo clandestino, num trem de carga que apanhou em São Paulo. Quando o trem parou em Triana, que então se chamava Neutrier, para uma breve escala, lhe chegou um coquetel de sotaques europeus. Decidiu que era o seu lugar. O resto você sabe. Nathan lhe contou. Você ficou sabendo o apelido que lhe deram: Cabo Milho.

— Nathan não contou tudo.

— O que faltou?

— Os murais.

— Os murais nas casas dos colonos, pagos por Vogel, foram seu modo de sobreviver.

— Mas sobraram alguns, ou quem sabe só um. Segundo Nathan, o que sobrou estaria aqui.

— Nathan é um delirante. Você quer mais vinho?

- 49 -

Santelmo Cimbres queria mesmo era aquela mulher, em seu vestido de verão, ou, de preferência, sem o vestido. Ele a queria com as sandálias de salto, de preferência sem elas. Ele a queria com os dois pequenos brincos, o perfume inebriante, a maquiagem discreta, de preferência sem nada disso.

Falou apenas:

— Acho que nem a condessa Beatrice provou um vinho como este Neckar. Quem era ela?

— A provedora dos subornos de Dom Angelo Roncalli.

— Esse Angelo não seria...

— Seria. Esse mesmo que você pensou.

— E de que modo seu pai soube da provedora?

— É um capítulo infeliz. Proponho, doutor Santelmo, que passemos para a mesa.

Beatrice serviu spaghetti al sugo.

— O menu do restaurante é trivial.

— É o que escolheria.

— Eu não sabia que ia convidá-lo. Aquilo me saiu num impulso.

— Inspiradíssimo.

— Ando economizando na Porta Nigra. Compro o mínimo, para não levantar suspeitas sobre a presença de um hóspede.

— Sinto por você.

— Nunca fui gulosa.

— Espero que não esteja se privando de muita coisa.

— Eu não me privo de algo.

— Do quê?

— Do prazer de sua companhia.

— Não é menor do que o meu em relação a você.

Ela o calou com uma cesta de ameixas maduras.

Calou-o ainda tornando à condessa italiana:

— Falávamos antes da outra Beatrice. Quando Angelo Roncalli foi eleito Papa, choveram biografias dele. Pelo que soube, só uma delas mencionava, e muito de passagem, a aventura de Trieste. Mas eu insisti em saber mais, pois Nathan tinha conhecimento dos fatos, que ouvira de meu pai, ainda que de forma incompleta. Eu mantive uma longa correspondência com o ex-diretor do Arquivo Público da cidade, cartas que demoravam um mês e pico para chegar a Trieste, postadas em Cerro Azul, e às vezes um mês e tanto para que as respostas voltassem a este povoado. Iam e vinham de navio. Tudo se confirmou. Trieste havia sido convertida durante a guerra num dos lugares preferidos por eminências fascistas. Um grupo delas sentenciou, na surdina, Beatrice Bellini a um sequestro e à morte.

— A causa foram os subornos?

— Havia mais de uma. Os fascistas sabiam que ela protegia os *partigiani*.

— Mas tem um hiato nessa história infeliz da condessa.

— Eu sei. Como meu pai podia conhecer cada detalhe, até a compra dos guardas do asilo? Você adivinhou. Pode ter escutado dos marinheiros do navio. Só falava tcheco e alemão mas entendia algo de italiano. Um dos marinheiros arranhava tcheco.

— E esses marinheiros estariam tão bem informados?

— Nathan me disse que sim. Ouviu isso de meu pai.

— Nathan é uma pessoa, vamos dizer, singular.

— Santelmo: Nathan ajudou você. Nathan me ajudou, diz que ajudou antes Milan Havel. Jura que ajudou Martim. Nathan continua nos ajudando. Mas tem um troço singular mesmo, ou vários. Por que se interessa compulsivamente e há tantos e tantos anos por um mural ou murais, todos inexistentes?

— Não será por amor à arte? Talvez sua intenção seja revelar ao mundo que viveu em Triana um muralista extraordinário.

— Você é um ingênuo, Santelmo. Ninguém é tão desprendido.

- 50 -

Experimentaram, devolvidos às poltronas, um licor.

— Não há nenhum pecado em ser ambicioso. Nathan sonha em associar seu nome ao de um grande artista — insistiu Santelmo.

— Nathan será Nathan? É verdade que chegou a Triana com papéis que traziam esse nome, mais um sobrenome: Jordan.

— E obteve uma pensão.

— Grande parte dos registros civis da Europa de Hitler se esfumou. Durante a guerra, era difícil arrumar documentos forjados, mas não tão difícil quando se soubesse das pessoas certas e não se importasse em se arriscar. Mas por que ele é tão reservado? Por que pouco cultiva amizades? Por que quase sempre se isola, na Porta Nigra? Por que só se torna sociável no cabaré da Astéria, segundo ele mesmo conta?

— Nathan me procurou. Nathan me mostrou as paredes caiadas de muitas casas, sempre bem recebido pelos moradores. Nathan me prestou o favor de eclipsar um cadáver e seus vestígios. Nathan foi amigo de Milan Havel, seu pai, de Martim, seu protetor.

— E ainda cuidou de mim.

— Não são um atestado de bons antecedentes?

— Nathan teve um antecedente especialíssimo. Diz ter sido enfermeiro dos carniceiros nazistas em Sachsenhausen. Disse até mesmo a você.

— Falou que foi forçado.

— É a versão dele.

— Liquidou um monte de bárbaros.

— E se essa história for tão falsa quanto sua atuação forçada como enfermeiro? Seja amigo de Nathan. Eu sou amiga dele. Adicione no entanto uma dose de desconfiança nessa amizade. Uma vez, muito alto do chão, inchado de *schnaps* e cerveja, me chateou um tempão com uma catilinária contra a chamada arte alemã pregada por Hitler. Sabe um cara ficar sem calar a boca, falando horas e horas sobre um mesmo tema? Te torrando com detalhes sobre detalhes de um assunto que parecia ser sua ideia fixa?

— Ele me disse que cursou a Academia de Stuttgart. Não será por isso?

— Não, falou como um realejo, batendo sempre na mesma tecla. Nem tocou em Stuttgart, me falava sobre Munique, sobre duas exposições que houve na cidade em 1937, santo Deus, há quase 50 anos. Uma era numa tal de Casa de Arte Alemã, instalada num prédio novo, desenhado com a ajuda de Hitler e inaugurado por ele em pessoa. Nathan achou o edifício horrendo. Reunia o que o cabo austríaco considerava o supra sumo da arte que os alemães deviam apreciar sob o nazismo. Nathan descreveu essa mostra como um amontoado de lixo, tudo ali eram obras de uma mediocridade aberrante.

— E a outra?

— Da outra mostra ele gostou, gostou muitíssimo. Contou que essa segunda rolou quase escondida, num arrabalde de Munique. Reunia quadros de um Chagall, de um Kokoschka, de impressionistas e expressionistas famosos. Provocou tanta aglomeração de gente interessada em ver aquelas joias da pintura que Goebbels, furioso, mandou fechá-la.

— E o que há de mal em Nathan ter lhe falado disso e gostado mais da segunda exposição do que da primeira? Eu por exemplo, se tivesse a má sorte de viver na Alemanha daquela época, nem teria ido à primeira. Iria direto para a segunda.

— O que há de mal é que ele me encheu o saco por horas a fio. O que há de mal é que em seguida engrenou numa história que nada tinha a ver com a anterior.

— Como assim?

— Houve um momento em que ele foi ao banheiro e voltou com as duas únicas cevas que descobriu no refrigerador. Mesmo já alto do chão, ele encarou as duas quase num gole. Aí veio com um enredo ainda mais longo que o anterior. Disse que tomou parte, como prisioneiro em Sachsenhausen, de uma fantástica operação de falsificação de libras esterlinas. O objetivo era inundar a Inglaterra com dezenas e dezenas de milhares daquelas cédulas, para provocar uma queda brusca do valor da moeda de Sua Majestade. Mas quando as notas ficaram finalmente quase perfeitas, a II Guerra já se aproximava do fim. Fardos e fardos delas, e também de dólares, foram jogados em lagos profundos dos Alpes austríacos.

— Isso é que soa estranhíssimo, pois a mim falou que já estava aqui muito antes da derrota dos alemães. Que conheceu o Cabo Milho em 1942.

— E tem mais. Numa outra ocasião, também de porre, mudou aquela versão de sua biografia para dizer que escapou de Sachsenhausen em 1941, veio para o Brasil e trabalhou primeiro no Consulado Alemão em Porto Alegre, de onde o mandaram embora, naturalmente por ser judeu, e depois se empregou numa fábrica do Vale do Sinos. De lá acabou se tocando para cá.

— Sachsenhausen era um campo de extermínio?

— Pelo que andei lendo uma vez em Cerro Azul, não tinha uma placa dizendo isso, é claro. Mas em 1941, 18 mil prisioneiros foram mandados para o além, só lá. Houve depois outras dezenas de milhares de mortes por violência, exaustão dos trabalhos forçados, doenças.

— Judeus?

— Muitos, muitos judeus, mas também russos, espanhóis republicanos refugiados na França e gentilmente fornecidos pelo regime de Vichy. Os que sobreviveram foram mandados para outros campos, em marchas forçadas, ante o avanço dos aliados, isto já quase no término da guerra. O campo existia desde 1936.

— Mas Nathan era afinal enfermeiro, habitué de museus, falsificador de dinheiro, funcionário do Consulado Alemão ou trabalhador de alguma indústria no Vale do Sinos?

— Me disse que era enfermeiro, que sobreviveu por causa disso. Mas nunca mais voltou a me falar com mais minúcias sobre os seus anos de guerra. Senhor professor, Nathan é um cara estranho.

E então, aninhando as pernas na poltrona e sem importar-se com que o vestido lhe subira acima dos joelhos:

— Que tal o licor?

- 51 -

Santelmo notou, mas aquela mulher era diversa de quantas conhecera. Era quem o ocultava. Era desejável, mas e se continuasse apenas condoída dele? Ela o chamara de ingênuo. Podia ser um diagnóstico mais correto do que o sugerido por Nathan acerca de sua saúde.

— Só tem um troço mais docemente inebriante do que este licor. Você.

— Ah, o galanteador está de volta — sorriu Beatrice.

— Você foi valente me oferecendo este jantar. Ganhou mais uma estátua na galeria da minha gratidão.

— Santelmo: você conquistava mulheres com frases roubadas de alguma Antologia de Frases Tolas?

Ele assimilou a tirada.

— É um jeito que tenho para disfarçar o que me vai no coração, Senhora.

— Quantas senhoras você conquistou?

— Um harém. Nem o Sultão de Brunei se me aproximava em ousadia, garbo e ímpeto sedutor. Eu as siderava.

— Coitadinhas. Foram mesmo muitas?

— Dona Beatrice Havel. Um homem com três casamentos fracassados pode se julgar um sedutor?

— E simples romances?

Poderia mentir que nenhum. Mas não queria mentiras entre eles.

— Alguns, milady, em países habitados de soledade.

— Quantas?

— Gosto do algarismo 3.

— Outra vez três. Você gosta do número. Quem eram?

— Yasmin, uma polinésia. Patrizia, uma veneziana. Elinor, uma inglesa.

— Foram casos duradouros?

— Foram uma distração momentânea.

— Você considera as mulheres uma distração? — e nessa parte da inquisição, o vestido subiu-lhe um pouco mais.

— Acho que todas se distraíram comigo. Por seu sábio conceito, sou um ingênuo.

— Não me tome muito a sério, doutor.

— Gosta de se distrair?

— Alguém como você nunca seria uma distração.

Ela se ergueu em oferenda, bem na sua direção.

— Pare — ele falou.

— O que há? — perguntou Beatrice, em desaponto.

— Ouça.

Passos chegavam dos degraus fronteiros.

— Alguém em casa?

Era o sotaque de Nathan.

- 52 -

— Interrompo?

— De jeito algum. Esta senhorita quis cuidar da minha nutrição depois do blecaute que sofri. Me ofereceu um spaghetti digno de uma trattoria romana.

— Há uma outra espécie de trattoria que me trouxe aqui. Seu nome, doutor Santelmo, tornou a ser um tópico de conversação na Porta Nigra, a assim dita estalagem.

— A que devo a distinção?

— A um pescador. Lançou sua rede numa curva do Rio Fusco, ao sul daqui, fisgou um limpador de para-brisas. Contou em casa, a notícia se espalhou. Chegou à Porta Nigra. O subdelegado era um dos ouvintes.

Beatrice o atalhou:

— Espere aí. Há milhões de automóveis com limpadores iguais em todo o país.

— Não estacionados no fundo do remanso de um rio.

— Você tem razão — observou Santelmo. — Mas não fui visto andando com o Corcel em Triana.

— O pescador é compadre do vigia da oficina mecânica onde o doutor guardava o carro. O vigia é um sujeitinho abelhudo.

— O vigia estava dormindo quando retirei o carro para fugir.

— Mas terminou notando o box vazio, a completa ausência do Ford por semanas. Ligou os fatos: o sumiço do automóvel, o do proprietário, um tanto notório por aqueles dias.

— Andam atrás de mim?

— Não há bombeiros em Triana para remexer no Rio Fusco. Não há guindastes. O Vidal apelou ao prefeito de Cerro Azul, um homem pacato, que disse que tudo aquilo era história de pescador. Mas a Porta Nigra é um serpentário. Eu não sou nenhum encantador de serpentes. Esta noite, porém, botei minha colher torta no assunto. Sacudi meu jeitão quieto e falei bem alto à freguesia que provavelmente você, doutor Santelmo, por questões políticas, tinha sido ameaçado por um agente da Segurança. Que a profissão desse corno é a tortura, a morte, pois é um filhote da ditadura, a mesmíssima que todos ali apoiavam, a mais longa e odienta da História do Brasil. E que por isso você intuiu que o tipo não hesitaria em persegui-lo, quem sabe despachá-lo, com base em meras suspeitas. Não é uma reação anormal mesmo hoje em dia neste país. Aterrorizado, você, doutor, escapou, dirigindo sem rumo, e talvez numa curva se despenhou no rio.

Já o rato que estava em seu encalço recuou, e é possível que esteja agora quieto, em alguma sala burocrática da enorme estrutura da repressão, ainda que a época seja, digamos, de fim de um regime de arbítrio. Os caras ficaram pasmos. Nem o Amaranto abriu o bico.

— Foi um grande discurso — aprovou Beatrice. E para surpresa de Santelmo, estreitou-se a Nathan, beijando-o.

- 53 -

O novo conviva não demonstrou pressa. Experimentou as ameixas, avançou no licor.

— Não sou muito popular em Triana. Agora fiquei menos.

— Com esse seu físico, essa sua barba, esses seus cabelos, pregou um susto nos caras — riu Santelmo.

— Mas não cresci na simpatia do Amaranto. É um capacho dos poderosos. Contra mim não vai levantar um dedo. Ele sabe que sei de seus podres. Você é que precisa se cuidar. Resista à culinária de Beatrice. Se mantenha bem escondido no torreão. — E como por acaso: — Há mais porões naquela ruína, senhora anfitriã?

Ela conservou a naturalidade.

— Por que a curiosidade, Nathan?

— Por que se houver algum buraco mais dissimulado do que o porão onde está o doutor, é preferível você escondê-lo nele.

— Não há nada abaixo do porão em que ele está.

— Onde você guarda rótulos tão preciosos como aquele? — Nathan indicava o vinho do Neckar.

— Aqui no sobrado. Lhe apetece um cálice?

— A ideia não é má.

Beatrice retornou em instantes com outra garrafa, que dividiu entre os três.

— Satisfeito? — sorriu ela.

— Bastante. A safra é ótima. Este capitoso líquido está na temperatura exata. Eu apostaria que residiu por anos no ventre da Terra, em um abismo incógnito.

— Além do refrigerador, que hoje pifou, há uma cela neste sobrado. Em tempos muito longínquos era onde trancafiavam escravos malcomportados.

— Não há nada de semelhante no torreão?

— O que há, Nathan, é uma xeretice não muito incomum em você.

— Me intriga a arquitetura destas construções antigas.

Beatrice depositou seu cálice na mesa.

Calmamente disse:

— A mim intriga o modo com que este vinho me provocou sono. Se não se importam, cavalheiros, gostaria de uma boa cama. Desculpem, mas é tarde. A porta, como não devem ter esquecido, é ali.

- 54 -

— Que corridão você nos aplicou ontem — provocou Santelmo, ao café da manhã, no torreão.

— Foi endereçado a Nathan e à sua maldita curiosidade.

— Ele me defendeu na Porta Nigra.

— E agiu bem. Mas chamei você de ingênuo. Você é.

— Talvez.

— Não percebeu que Nathan não apareceu para cuidar de sua integridade física? Veio por motivos bem diversos: os painéis que decoram sua fantasia.

— Assim, de repente?

— Doutor Ingênuo. Raciocine comigo. Há muitos dias tenho pensado no que vou dizer. Me escute bem: ele aposta numa amizade muito próxima entre nós dois. Ele joga suas fichas, desde o início, numa hipótese: a de que eu lhe faça confidências, que fale em painéis fictícios, porque afinal você é professor de estética. Talvez ele venha planejando nos aproximar um do outro desde que o conheceu.

— Não acredito. Desde que me viu? Ontem, por exemplo, ele não sabia que eu iria ao sobrado.

— Nathan não é burro. Calculou que eu dispensaria uma atenção particular a você. Que cuidaria com desvelo de um sujeito que mora bem próximo de mim, ainda mais depois do piripaque que teve. Que a conversa seria mais solta. Que eu escorregaria em segredos imaginários.

— Repito: ele me defendeu na Porta Nigra. Ele virou falante para me preservar. Ele veio me prevenir.

— Hoje mesmo tiro a limpo o famoso discurso. Agora me confesse, Doutor Ingênuo. Não entende que ele quer que nos aproximemos ainda mais, com você escondido não onde está, mas num misterioso porão de um porão? Que derrubemos todas as fronteiras entre nós? Que nos viremos duas pessoas dependentes uma da outra? Sem segredos?

— Ele quer um caso de amor?

— Acertou, Santelmo. Entre amantes não há nem vestígio das muralhas sobre que já conversamos.

— Senhora Minha: é um caminho muito complicado. Se houvesse murais, ou painéis, se você me mostrasse um só, eu calaria.

— Ele o forçaria a cantar como um canarinho.

— Never, milady.

— Ele o livrou de um enorme imbróglio. Se você não piasse por gratidão, ele o faria abrir o bico de outras maneiras. Parece que não foi algum tipo de frade em seu passado obscuro. Em Triana é apenas prestativo. E enxerido. Não notou suas perguntas sobre arquitetura subterrânea? Tive até de criar uma cela para escravos no sobrado.

— Não há nenhuma?

— Há. Na minha rapidez de raciocínio. Você sabe que há uma adega, mas neste torreão, abaixo de onde estamos. Nunca a verá.

— Guarda o quê nela, além de vinhos do Neckar?

— Um selecionado de espectros. Não são apresentáveis a ninguém. — Olhou o relógio. — Hora de ir para o batente.

- 55 -

Agora os curiosos eram dois: Nathan e ele. Santelmo resolveu investigar melhor a parede direita do porão, tarefa dificultada pelo compacto aparador que parecia ter a idade do mundo. Em épocas ancestrais era talvez a pista de aterrissagem de bibelôs, mas se transformara num pesado obstáculo entre suas mãos e a parede.

Parecia tão sólido quanto o piso, que ali, já notara, era resistente como se reforçado de metal. Beatrice devia ter descerrado alguma passagem bem atrás, nas noites em que estendia toda a colcha, como quem lança mão de um simples biombo.

Ele acabou cansando do jogo, talvez porque não tinha noção do que afinal buscava. Não eram vinhos. Salvo ocasionalmente e acompanhado, não bebia. Seriam os murais, ou painéis, os únicos a escapar da ira do antigo vigário? Principiava a crer que tentava decifrar uma miragem. Ou quem sabe procurasse um jeito de matar o tempo, antes que o tempo o enterrasse, bem no estilo de um Machado banido de suas leituras?

Ele voltou a recordar que a morte o rondava com prazo incerto.

De todas as criaturas, o homem é o único animal que ri e que sabe que vai morrer.

Ele disse a si mesmo: também rio, também sei que vou morrer.

Desde os primeiros sintomas e consultas, começara a torturar-se com a ideia espectral de que partiria cedo, ainda na casa dos 40. Mas havia constatações tão ou mais agônicas: nunca seria um bom pintor, o que sempre quisera, antes de se tornar professor. Ser um pintor, deixar obras que falassem por ele de algum modo justificariam uma existência breve, se fosse bom o bastante. Mas sabia de suas limitações. Nem por sombra podia dizer, como Van Gogh: *Talvez Deus tenha me feito pintor para aqueles que não nasceram ainda*. Não teria posteridade. Não teria filhos, um menino a quem ensinasse a domar um pedaço de crayon e criar beleza, uma menina que levasse a exposições e dissesse: olha aquela combinação de tons, cuja harmonia quebra a curva do real, e tenta um dia compreender que nela residem todos os mistérios e toda a explicação da vida, da morte e da eternidade. Beatrice lhe falara que ele era dono de um senso de drama. Como não ser, com a sentença que carregava, sem longínqua chance da cirurgia indispensável que se vira obrigado a adiar, quem sabe para todo o sempre, já que sobrevivia prisioneiro de seus próprios atos, num lugar sem recursos como Triana? Lembrou-se de um poema inesquecível, um clássico do modernismo brasileiro, em que um homem, acometido por uma doença mortal como a dele, refletia sobre a *vida inteira que poderia ter sido e não foi*. Mas Manoel Bandeira ia além, conseguia como que elidir a morte anunciada e tudo terminava em um tango argentino.

Vida? Falava a seus alunos: a vida é a sombra de um pássaro que nos sobrevoa, está no Talmude. Morte? A morte não pode ser pensada, pois é a ausência de pensamento. De quem é essa frase?

Nenhum dos estudantes conhecia o autor.

Ele prosseguia. O trecho não termina aí: Maurois foi além. Escreveu: "É preciso viver como se fôssemos eternos".

Uma vez lembrara um certo Dionísio Catão, que, séculos antes de Omar Kháyaám, um mestre na matéria, aconselhara: "Abandona o medo da morte aos prazeres da vida".

Era ótimo em reconhecer os traços do talento dos outros. Era inábil em fruir os prazeres da vida. Mas possuía uma noção de eternidade.

"Eu vi ontem. Eu sei amanhã" — rezava a inscrição à entrada do túmulo de Tutancamon.

Outra frase alheia, mas, dava-se conta, provocativa.

Se Milan Havel tinha composto alguns dos mais esplendorosos murais jamais vistos, não tentava apenas inventar a eternidade, negada por sua finitude?

- 56 -

Não perguntou a Beatrice.

Ela tornou à tarde com um lanche e notícias da vila. Uma caravana de políticos oposicionistas percorria a região, almoçara na Porta Nigra. Eram deputados, vereadores, prefeitos e penetras, tiveram de pôr mesas até na calçada. Desencadearam um festival de discursos à sobremesa e, como um deles tivesse sido notificado da arenga de Nathan, enalteceu suas palavras e arrematou: Triana era uma trincheira de combate ao arbítrio, uma base sólida da resistência, uma fortaleza de apoio à candidatura de Tancredo Neves, à proscrição de uniformes da cadeira presidencial.

Convocado a agradecer as referências, Nathan se limitara a erguer o copo de cerveja.

— Quem sabe ele se candidata a vereador?

— Para mim, isso tem um significado maior — reagiu Beatrice. — Ele realmente defendeu você em público, como nos contou.

— Você ficou cética a respeito.

— Fui injusta. Nathan é seu amigo. É nosso amigo. Pode ter suas teorias sobre murais, painéis, seu passado é muito embrulhado. Mas podemos confiar nele.

— Você sempre confiou. Você o abraçou e beijou na visita ao sobrado.

— Com uma ponta de dúvida, que se dissipou.

Santelmo gostaria que se dissipasse inteira a reserva de Beatrice em relação a ele. Que pudesse enlaçá-la e levá-la docemente para a cama. Que vivessem e se amassem ali naquele fim de mundo até o fim dos tempos, ou do seu tempo.

Restringiu-se ao lanche e a examinar interessado os livros que ela lhe trouxera: vários volumes dos *Sermões*, *Cartas* e outros textos de Vieira.

- 57 -

— Já leu sobre o estalo de Vieira? — sondou-a no dia seguinte.

— Nada.

— Vieira tinha 15 anos e, pelo que contam, era o mais medíocre dos alunos do Colégio dos Jesuítas, na Bahia. Aí lhe bateu uma dor de cabeça insuportável e ele foi à Igreja da Sé, rezou à Virgem das Maravilhas. Sua mente então se iluminou, de acordo com as narrativas. Acabou se transformando num grande orador, num escritor inimitável, num político hábil, num diplomata extraordinário, fluente em várias línguas. Foi confessor da Rainha Cristina, da Suécia, o que é apenas parte de sua biografia.

— Tem mais?

— Bom, foi um missionário, um humanista, um místico. Segundo estudiosos, e eu acredito, é a maior expressão do barroco brasileiro e português. O que lhe valeu um prêmio.

— O Nobel?

— Seu prêmio foram os cárceres da Inquisição.

— Você chama isso de prêmio?

— Chamo de prêmio estes livros. Há neles algo do melhor que Vieira escreveu. Você não imagina o que me trouxe.

— Não. Mas imagino um negócio diverso. Você também sonha com um estalo. Um milagre da Virgem das Maravilhas que o coloque entre duas escolhas: ou se tornar um grande pintor, ou conhecer a obra de um grande muralista.

— Essa lenda é sua, como o estalo de Vieira é também lendário.

— Há lendas que se travestem de eternidade.

Era estranho ela pronunciar a palavra eternidade, mas Santelmo nem chegou a refletir sobre o tema.

Chegava-lhes o ruído de um automóvel.

- 58 -

Ela subiu à entrada do torreão. Fora, a aguardavam, vigiados por Bronx, o subprefeito Vidal e um cavalheiro identificado como Nemo Quinteiros.

Os visitantes foram conduzidos ao sobrado, onde Vidal explicou que Quinteiros era um jornalista de São Paulo, integrante da caravana oposicionista que visitara Triana, e resolvera ficar mais uns dias.

— Que notícias me dá do país? — perguntou Beatrice, com o pensamento em Santelmo. — Aqui as novidades chegam sempre atrasadas.

— Pelo que sei — disse Quinteiros —, há militares que seguem conspirando. Mas parece ter havido uma espécie de acerto entre Tancredo e o ministro do Exército. Tancredo conteria os radicais, de jeito a que eles amenizassem o tom dos discursos, reduzissem a presença de bandeiras dos partidos comunistas nos seus comícios, por exemplo. A contrapartida seria o enquadramento do pessoal da linha dura. Pessoalmente, não creio nesse acordo. — E trocando de tema: — Meu avô era dono destas terras, foi por isso que decidi ficar mais um pouco aqui e conhecer sua granja. Ele morava bem neste sobrado que, é claro, foi depois reformado. Vendeu a propriedade a um Martim, português. Soube que o conheceu.

— Desde menina. Ele me acolheu aqui.

— Decerto já maduro.

— Sim. Quem lhe contou isso? — indagou Beatrice, oferecendo-lhes um café.

— Um senhor Nathan, com quem tive o prazer de conversar.

— Onde o encontrou?

— Na Estalagem Porta Nigra. O senhor Nathan me disse também que o torreão aí ao lado não é apenas uma construção cujos alicerces datariam de uns três séculos. Tem um valor maior.

— Que tipo de valor?

— A arquitetura foi muito alterada. O que o torna único é conservar no interior uns murais ou painéis estupendos, de autoria de seu pai. Existiram muitos em Triana, todos apagados pela ignorância dos padres da 40 anos atrás. Foram todos mesmo apagados?

— Senhor Quinteiros: sobre o que escreve em seu jornal?

— Sou da reportagem geral.

— Isso significa que se mete em tudo? — ela havia emprestado um tom frio à voz.

— Até em política.

— Em ficção?

— Em artes.

— Pois aqui botou seu nariz comprido no lugar errado. Não há em Triana quem não saiba que na época em que os murais foram destroçados, por ordem do reverendíssimo vigário local, não escapou um.

Ela se erguera.

— Nem no torreão, como insinuou o senhor Nathan?

— O senhor Nathan não insinua nada quando se afunda na cerveja.

— Não?

— Não. Vira um mentiroso ridículo. Quanto a você, Vidal — falou, voltando-se ao subprefeito —, preste um favor a Triana. Não se comporte como uma anta cívica, enchendo a cabeça de visitantes da imprensa de histórias imbecis, dando curso às idiotices de um bêbado irresponsável, que é a melhor definição de Nathan.

- 59 -

Beatrice comentou com Santelmo à tarde, chamando-o ao sobrado, a visita e as poucas novidades políticas que ouvira de Quinteiros. Portas e janelas estavam fechadas.

— O sujeito não foi muito animador.

— Não foi. Eu devia ter puxado mais por ele, mas estava preocupada em saber o que afinal queriam, vindo até aqui fora.

— Você não foi um modelo de boa educação com os dois.

— Fui objetiva. Tem gente que procura o elo perdido, o moto perpétuo, o continente de Atlântida. Estou exausta de patetas que vêm à quinta em busca do inexistente.

— Esse Quinteiros não deve ter sido de todo inexistente.

— O avô do jornalista de nariz comprido?

— O próprio.

— Martim comprou estas terras de alguém. Pode ter sido de um Quinteiros, de um imigrante próspero, de vizinhos. Isso não dá direito a ninguém a vir bisbilhotar aqui sem permissão.

— Não é o que Nathan faz?

— Nathan é credor de uma longa lista de favores que me prestou. Mas sabe o que mais? Ando pensando em barrar sua presença, quando estiver bêbado, nesta granja.

— Isso também não seria pouco educado?

— A educação que vá pro inferno.

— Ele é um bom contato que tenho em Triana.

— Quem sabe você me faz o enorme favor de permitir que eu cuide de você?

— Por quanto tempo?

— Pelo tempo que você precisar. Pelo tempo em que você tiver juízo e disser a si mesmo: não há lugar melhor para me esconder. Pelo tempo em que você pensar: Beatrice talvez seja uma mulher difícil, *moody*, como falou aquela sua amiga americana — ou inglesa, ou oriental, ou francesa, já não recordo, pois foram tantas —, mas quem sabe goste um pouquinho de abrigar perseguidos sem culpa?

Era a hora de tomá-la em seus braços, de beijá-la, de soprar-lhe no ouvido palavras brandas. Era outra vez a hora de estreitá-la e de fazê-la feliz.

Santelmo contentou-se com uma frase:

— Seja feita a vossa vontade, assim na Terra como no Céu.

Ela riu.

— Já foi um homem religioso?

— Rezo para que não me faltem as obras do Padre Vieira.

— Gostou tanto assim do sujeito do estalo?

— Era um gênio, cada vez me convenço mais. Tem um trecho assim: "Hão de cair as coisas e hão de nascer; tão naturais que vão caindo, tão próprias que venham nascendo". Parece escrito para mim.

— E por quê?

— Por que estou morrendo, Beatrice.

— É uma ideia que não me ocorre.

— E estou nascendo.

— Para o quê?

— Para a vida, por mais breve que ela seja.

— E eu estou nessa vida?

— Você está é desatenta. Não percebe esse ruído, que não parte de meu coração?

- 60 -

Nathan chegava, altíssimo do chão.

— Já anda assim a esta hora? — revoltou-se ela.

— A verdade é um mistério que mora no fundo das garrafas da péssima cerveja local. Mas o que me traz aqui é outra coisa. Posso? — e apontou uma das cadeiras de armar.

— À vontade.

Ele aboletou-se pesadamente, acendeu um cigarro, e reclamou com um ar ressentido:

— Está se especializando em botar os cachorros em pessoas de bem? — sua voz tinha um tom pastoso.

— Só há um cachorro por aqui, que aliás é seu: Bronx.

— Bronx, ao que ouvi, não incomodou alguém que que me tratou com a maior consideração, Nemo Quinteiros. Mas você o tocou porta afora.

— Quantas cervejas ele lhe pagou? Cinquenta? E como você retribuiu? Por acaso não deu a ele uma pauta atraente sobre murais, envolvendo até mesmo o sacripanta do Vidal?

— Você não tem aí algo para eu molhar a garganta?

— Serve cicuta?

— Ah. Temos uma dama um tanto raivosa. O que aconteceu, Dona Beatrice, foi simples. Nemo é, acredite ou não, neto de Quinteiros. Foi Quinteiros quem negociou esta granja com Martim. Fiz uma ligeira referência à antiga redução dos jesuítas que alguns dizem ter havido neste ponto. Vidal acrescentou que ainda se viam traços das ruínas, que o torreão, segundo versões correntes, guardava murais magníficos e relativamente modernos. Botou uma pilha no cara, entende? O cara insistiu em vir aqui. Eu tirei o corpo fora da história toda.

— Se tirou é porque estava bem dentro dela. Mandou o traste do Vidal em seu lugar.

Nathan tentou erguer-se, irritado, mas a cadeira se desequilibrou e ele foi ao chão.

Santelmo correu para ajudá-lo, préstimo que o outro dispensou, antes de adernar novamente, agora desacordado.

— Vamos tentar levantá-lo — sugeriu Santelmo.

— Conheço uma cura melhor.

Beatrice apanhou uma bacia com água fria e despejou-a na cabeça de Nathan.

Ele regressou ao mundo em segundos, aprumou-se trôpego e decidiu dar por encerrada a visita, não antes de ouvir de Beatrice:

— Não me apareça nunca mais aqui com uma gota de álcool nas veias!

- 61 -

Nada daquilo a abalou.

Aguardou o tempo suficiente para que Nathan se afastasse e rumou de bicicleta para a vila.

Santelmo só a viu, no torreão, no dia seguinte. Era sábado.

— Espero que seu estômago não tenha roncado mais do que você ronca — riu, beijando-o na face.

— Assaltei a sua despensa. Não desconfiava que você tinha uma despensa tão grande no sobrado. Não pude deixar de ver também que está quase vazia. Não economize por minha causa.

— Não ando gastando muito na vila, já lhe falei.

— Houve repercussões do porre de Nathan na grande metrópole?

— Nathan foi visto bastante avariado, conduzido por um enfermeiro.

— Quem?

— Bronx. Ele o levou. Ninguém ousou se aproximar dos dois.

— Nem dei pela falta de Bronx.

— Eu saí tarde daqui e tinha trabalho atrasado no clube. Dormi em Triana, sabe onde? Em seu quarto, na pousada. Só há um como o que descreveu.

— Teve pesadelos?

—Tive sonhos bem sugestivos, mas não conto. Passei na Porta Nigra. Lá, faz muito, ninguém dá bola para as grandes bebedeiras de Nathan. Um garçom me confirmou que ele anda enchendo a cara cada vez mais. Quando se dá mal, some um, dois dias, depois reaparece como se nada tivesse acontecido, pede mais uma cerveja e senta-se sozinho em um canto. Não é realmente muito popular.

— Acha que ele vai sumir daqui também?

— Torço para que sim. Está me enchendo as medidas. De repente, apesar de tudo o que fez por mim, tornou-se um abusado, um transtorno ambulante sem noção de limites. Pensa que vou aguentar tudo dele. No dia em que ele precisar de verdade, eu não me negarei a lhe estender a mão. Mas isso por enquanto está transferido para o futuro do improvável.

- 62 -

E então, com um sorriso:

— Preciso de um homem.

— Às suas ordens, milady. No meu ou no seu apartamento?

— No meu. Agora.

No sobrado não havia uma cama de casal com lençóis perfumados, cortinas cerradas, alguma cúmplice penumbra, como ousara pensar por um instante.

Havia ainda caliça no andar de cima, desgracioso souvenir da já distante invasão dos soldados. Deu trabalho arrastar pedaços de móveis, partes de esquadrias, louças rompidas, para um galpão aos fundos.

— Por que esses caras provocaram este caos, Senhora Minha?

— Senhor Meu, a resposta é uma só: houve muito disto neste país nas duas últimas décadas. Houve coisas muito piores, coisas monstruosas. Este ano foi a vez deste sobrado, da Quinta do Torreão.

O banheiro estava milagrosamente intacto e foi ali que, primeiro Beatrice, logo Santelmo, libertaram-se do suor e do pó.

Nenhum dos dois se preocupou com a pátina do vinho do Neckar, quando sentaram-se à mesa da sala, ante o arroz branco e as sardinhas em conserva.

— No que me toca, foram exercícios agradáveis mas algo cansativos — brincou ele.

— Não é assim que devem ser? — E explicou que colonos das redondezas retirariam tudo, longe dali, na porteira, quando Santelmo voltasse ao torreão, fora da vista. — Não tenho dinheiro para mais. Isto aqui já foi um conjunto de lindos ambientes.

— Sei reconhecer quando vejo algo valioso. Sei igualmente quando estou sendo pesado para alguém.

— Você não está sendo. O mais incrível é que em Triana pensam que eu sou rica. Se fosse, recomporia o torreão, restauraria este sobrado, me cercaria de livros e de telas.

— Escute. Sou um desaparecido. Mas você sabe que não de todo desprovido de meios.

— Esqueça. Massas, arroz, latas de sardinha não me levarão à ruína. Aliás, só há uma coisa capaz de me levar à ruína. Alguém descobrir o tesouro que oculto naquele torreão.

— Os murais?

— Você, Santelmo.

- 63 -

Era de novo uma investida direta.

— E por que, milady?

— Porque é um homem bom. Eu o acolhi cheia de suspeitas. Eu o abriguei porque Nathan me falou que era um perseguido da ditadura. Que se o pegassem, seu caminho era a prisão. Tudo isso você sabe.

— E você, quanto sou agradecido.

— Mas há coisas que desconhece. A primeira é que confiava cegamente em Nathan, e que se tudo ocorresse outra vez eu tornaria a confiar. Pode medir minha gratidão por aquele biltre?

— Um pouco.

— A segunda é que, quando você foi entregue a mim por Nathan, eu podia tê-lo levado direto para o porão, que é mais seguro. Resolvi deixá-lo no piso de cima, na parte com chave. Não sabia quem você realmente era. Só na manhã seguinte lhe apresentei o subsolo, pois refleti que em cima você seria um alvo fácil. E tem mais: nas minhas primeiras noites no torreão, nos momentos em eu dormia e nos muitos em que o vigiava, eu tinha uma arma sob o travesseiro, a arma do sujeito que tentou prendê-lo. Alguém já me enganou de uma forma indecente. Eu não estaria disposta a admitir uma reprise.

— Guardou a arma?

— Banque o atrevido e vai descobrir — sorriu Beatrice.

— E o que mais desconheço?

Ela mostrou-se indecisa.

— Posso realmente confiar num cara que já derrubou na cama todas as mulheres do mundo?

— Eu diria que só a metade delas.

— Pois bem, Don Juan. A lenda dos murais não é única. O amor de Nathan por esta quinta também se baseia numa outra invencionice. Segundo ela, o vigário teria concordado em que os murais, ou painéis do torreão continuassem intactos por causa de enterros.

— De quem?

— De moedas. Moedas muito valiosas.

Beatrice encheu as duas taças.

— Consta que, feito dezenas de outros mitos, jesuítas, acossados por lusos e espanhóis, sepultaram sob a igreja que teria havido por aqui arcas recheadas de ouro. Martim as descobriu, mas como os tempos eram incertos juntou milhares de libras esterlinas contrabandeadas ao achado. Levantou ele próprio uma parede, trancafiando aquela riqueza de que não necessitava: tinha com o que viver à larga. Quando meu pai passou a ser perseguido em Triana, ele o chamou. Encomendou-lhe então murais como uma espécie de selo perpétuo sobre a parede.

— E o vigário não soube?

— O vigário de então estava à venda. Destruiu todos os demais murais da vila. Deixou em paz os de Martim. Foi bem recompensado.

— Até onde isso é realidade?

— Até onde é mentira? Tudo é mentira. Falsidade. Lorota. Ilusão. Fraude. Ou você acha que um pároco de aldeia, sabendo da existência de um tesouro incalculável, iria se contentar com migalhas? Quem sabe com uns castiçais, uns crucifixos, uns soberanos? Mas o argumento definitivo não é esse. Martim jamais mencionou a mim, sua filha adotiva, o tal ouro. Falava de algo diferente.

— Do que?

— De que se espera de um cavalheiro que ajude a anfitriã, na ausência da criadagem, a lavar a louça.

- 64 -

Foi uma tarefa em que Santelmo se revelou pouco hábil A proximidade de Beatrice o perturbava: deixou cair um prato.

— Como copeiro você é péssimo.

— Talvez tenha outros talentos.

— Pois me revele de novo um: seja um bom ouvinte. Tenho necessidade de falar.

Acomodaram-se nas poltronas da sala de entrada. As janelas estavam fechadas como de hábito, mas uma delas, semiaberta, deixava entrar o luar de primavera.

— Amanhã lhe envio a conta do prato.

— Eu pagarei com os dobrões dos jesuítas.

— Não acreditou naquilo.

— Por que não?

— Santelmo: se houvesse um pingo de verdade nos tais enterros, Martim me diria.

— Que fim levou o dinheiro de Martim?

— Sofria dos pulmões. Gastou os tubos em hospitais de Porto Alegre e até de Buenos Aires. Acabou falecendo. Tinha um procurador aqui, que cuidava desta granja e de mim, mais de mim do que da granja.

— A granja não dava dinheiro?

— Não com os métodos de Martim, com o solo daqui. Os parreirais definharam, sobrou pouco do pomar. Ele devia ter plantado cevada.

— Esse procurador era Nathan?

— Em pessoa.

— E você não tomou providências?

— Eu era muito jovem e muito tolinha. Ele me presenteava com roupas caras. Ele deu um jeito para que eu fosse eleita, isso mais tarde, Rainha da Primavera, o sonho de todas as moças de Triana. Ele me estimulava a namorar. Namorei muitos rapazes. Aí ele me jogou nos braços de um safado, Nardo. Quando descobri com quem estava metida, acordei daquele conto de fadas. Eu corri com Nathan, que jurou inocência, me conseguiu o emprego no clube. Era pegar ou largar. Eu peguei. E sabe o pior? Não consigo odiar Nathan mesmo agora. Agora eu sinto pena de Nathan. Nathan dói em mim. Nathan me deu anos de encantamento.

— Com o dinheiro de Martim.

— Com o meu dinheiro.

— E o que ele ganhava com isso?

— Prestígio na vila. Minha boba gratidão. E todo o tempo do mundo para procurar vestígios dos painéis, ou murais, do ouro.

— Que nunca encontrou.

— Como se encontra o que é ausência?

— Não sei. Mas eu não chamaria de ausência aqueles dois faróis sacolejando na estrada.

Beatrice notou-os imediatamente.

— Esconda-se depressa. Saia pelos fundos.

- 65 -

Amaranto e um dos seus homens saltavam do jipe da subdelegacia. Beatrice os recebeu na área de fora, após fechar a porta.

— Receio que traga más notícias — anunciou o subdelegado.

— Você nunca traz boas.

— Lamento os nossos desentendimentos, mas agora é sério.

— O que houve?

— Seu amigo Nathan desapareceu.

— Como, desapareceu? — indagou ela, ansiosa.

— Um motorista de Cachoeira ia atravessando o Rio Fusco de caminhão e percebeu uma camisa negra, quadriculada de branco, presa a um dos pilares de madeira da ponte. Parecia uma bandeira, tocada pelo vento. Achou aquilo incomum, parou. Uns vinte metros além havia uma jaqueta cor de musgo retida nuns galhos da vegetação. O sujeito traz lenha seguido a Triana. Conhecia Nathan. Sabia que ele usava aquele tipo de roupas. Andou pelas redondezas, divisou uma carteira vazia atirada à margem. Nos bolsos de fora da jaqueta encontrou os documentos de Nathan. Voltou a examinar a jaqueta e percebeu que havia manchas de sangue ainda úmidas no lado de dentro, no forro. Mais além deu com chumaços de cabelo ensanguentados. Sabe aqueles cabelos alourados do Nathan, pontudos? Deteve-se com atenção naquilo tudo e notou mais sinais de sangue em direção ao leito do rio. O capim ali estava amassado, como se alguém tivesse arrastado algo muito pesado.

— O corpo? — perguntou Beatrice, angustiada.

— Vasculhamos toda a área. Achamos o cão, morto. Levou um tiro.

— Bronx morto? — sua voz era um fio. — Quem o examinou?

— O pessoal técnico da polícia de Cerro Azul.

— E não há sinal de Nathan?

— Nada. Parece ter sido vítima de uma tocaia ali. Surpreenderam ele e o cão. Parece também que foi gente que dominou a situação toda desde o início. Gente que devia estar emboscada. Ao que tudo indica, o cão foi morto primeiro. Depois sobrou para Nathan.

— Que coisa terrível!

E Beatrice não conseguiu segurar o pranto.

- 66 -

Amaranto demorou-se, para ouvir com calma Beatrice, pois sabia de sua amizade próxima com Nathan. Falou que a polícia já havia ido atrás de Gruber, pois era público que ele e Nathan eram mais que desafetos. Segundo a opinião geral, se odiavam, isto de anos. Gruber no entanto não foi localizado em lugar nenhum. Como Nathan, não tinha família, vivia só. Ele e Nathan eram inimigos por velhas questões políticas. Policiais de Cerro Azul varejaram a casa de Gruber, na tentativa da descoberta de algo que o ligasse ao desaparecimento de Nathan. Foi um esforço infrutífero. Havia livros recentes de revisão histórica do nazismo, que foram apreendidos. Como Gruber continuava sumido, divulgou-se um aviso de busca na região.

Amaranto explicou ainda a Beatrice que no chalé de Nathan a polícia encontrou apenas documentos, alguns antigos, com o timbre do Consulado Alemão em Porto Alegre, roupas, cédulas miúdas, dúzias de garrafas vazias. Havia ainda um gasto, insólito mapa, também alemão, em que os três Estados do Sul do Brasil apareciam delimitados como domínios da Alemanha. Numa das margens estava escrita com um lápis vermelho a palavra *BOBAGEM!*, sublinhada três vezes. Um dos auxiliares de Amaranto deteve-se no exame do mapa e notou que cidades com forte presença germânica do Rio Grande do Sul, em especial Cerro Azul, Santa Cruz, São Leopoldo, Novo Hamburgo e a estação balneária de Iraí apareciam rodeadas de círculos também vermelhos. Nada daquilo porém dava qualquer pista mais concreta sobre o destino de Nathan.

Ainda que bastante abalada, Beatrice dispôs-se a responder ao subdelegado a perguntas relacionadas ao inquérito recém-aberto sobre o desaparecimento. Depois, fechou-se no sobrado. Santelmo bateu à sua porta mas só escutou frases como:

— Nathan se foi. Não quero receber você agora.

Por dias teve de se alimentar de frutas do pomar. Nutria-se ainda de reflexões sobre a fome, que o assediavam em meio às suas insônias, feito a de Pope: "Miseráveis são enforcados para que o júri possa jantar".

Uma antemanhã, o enforcado foi ele. A corda comprimia-lhe o cérebro e o mundo dançou um tango louco e colidiam céus e estrelas e ele mergulhou sem ar num poço e compreendeu que uma vez mais era a morte que chegava. E imergiu em semiconsciência, perdido e desamparado como o último espectro da Terra e sobre a Terra, até que reuniu todas as suas forças. Cambaleante, alcançou a vigia e gritou tão alto quanto pôde:

— Beatrice! Beatrice!

E volveu a imergir no útero das trevas.

- 67 -

Quando a escuridão se dissipou, ela estava ao seu lado, mas Santelmo não conseguia retê-la. Sua imagem se esvaía numa torrente de pensamentos obscuros sobre o nada e o esquecimento, mesclados à súbita esperança de que a vida pudesse ser mais longa de que a eternidade.

Por que crises tão seguidas? Por que já não distantes uma da outra, quase pré-datadas? A morte avançava, teria ganho a dianteira dos Quatro Cavaleiros do Apocalipse e era seu tropel que lhe latejava no cérebro? Existir era uma aposta com a finitude? Um jogo de xadrez com lances desde sempre programados?

E lhe voltava a memória de Lisandra, a dos olhos garços, a que amara tanto, na última vez em que a tinha visitado em São Paulo, Lisandra designer de moda, Lisandra frequentando os altos círculos, Lisandra apresentando-o, durante um coquetel na luxuosa cobertura de um banqueiro: este é o meu irmão caipira. E de repente tiveram de segurar Lisandra, que queria andar sobre a borda do terraço e que quando o notou no grupo que a cercava falou:

— Esse é meu irmão jeca. Olhem suas roupas, seu jeito. Não é um peão boiadeiro, um domador, um laçador de aviões da Varig?

Ele percebeu dolorosamente que Lisandra falava coisas sem sentido, que ainda assim o magoavam.

No instante em que percebeu, Lisandra voou como um anjo desprovido de asas pela noite de São Paulo da altura de um vigésimo andar.

Em que pensava Lisandra, a dos olhos garços, solta no ar, em seu êxtase sem fundo e sem limites, em seu voo para o nada?

- 68 -

— Você é Lisandra? — perguntou, confuso por sua visão embaciada.

— Descanse. Sou ninguém. Sou apenas Beatrice. Estive entregue a mim mesma, mas aí ouvi seu chamado. Eu me disse: você está muito triste, mas bem. Santelmo pode não estar bem. Santelmo precisa da sua ajuda. Sonhou com Lisandra?

— Por quê?

— Você estava numa espécie de sonolência. Você pronunciou seu nome.

Ele lhe falou com dificuldade:

— Lisandra, já lhe contei, era a minha irmã, a que se demitiu da vida. Era uma pessoa imensamente boa. Ela tinha um grande coração, uma alma linda. Ela era bela, com seus olhos garços, seus cabelos ruivos. Era sensível. Apenas tem esse costume de me surgir em pesadelos.

— As pessoas têm costumes estranhos.

— Fala de Nathan?

— Falo deste pacote. Veja: chegou endereçado a mim, aqui na Quinta do Torreão. É uma reprise do que aconteceu aquele dia no clube, pois assim que o abri vi que havia uma segunda capa interna, destinada a você.

— Quem é o remetente da capa de fora? — sua voz era fraca.

— Alguém que se assina Julieta Lastrada.

— Quem mandou não foi de novo muito original. Desta vez são dois filmes de Fellini: Julieta dos Espíritos e La Strada.

— Quer que eu saia para que você examine o pacote?

— Não. Estava com saudade de você, Beatrice. — Suspirou fundo. — Continua angustiada por causa de Nathan?

— Ainda. Me deprimi. Apesar de seus defeitos, fomos muito próximos. Para o Amaranto, ele foi morto por alguém conhecido. Esse alguém, para mim, tem nome e sobrenome: Klaus Gruber. Ele deve ter emboscado Nathan junto à ponte do Rio Fusco. Não se davam. Gruber é nazista, Nathan, judeu. Gruber primeiro atirou em Bronx. Logo em seguida foi a vez de Nathan. Tudo indica que, além de atirar nele, Gruber submeteu Nathan a algum tipo de suplício. Soube de tudo isso pelo Amaranto. Ele me disse que conseguiram a lancha dos bombeiros de Cerro Azul.

— E aí?

— Nada até agora. O Rio Fusco é cheio de volteios e remansos. Tem até cachoeiras, você sabe. Os caras percorreram todo o curso até onde puderam, perto do Rio Jacuí. Não acharam outros vestígios.

— Se Gruber atirou em Nathan junto à ponte, foi porque conhecia bem sua vítima. Nathan não sabia nadar, me contou isso há tempos. Nem poderia, se ferido. Deve estar no fundo do rio.

— Nesse ponto, a lancha não tem sido de grande ajuda. Mas as investigações continuam. O Amaranto tem revirado o chalé de Nathan atrás de alguma nova pista. Tem andado também atrás de Gruber. Voltou à casa dele. Gruber está implicado até a cabeça no caso. O Amaranto não encontrou nada de especial, além de uns livros apreendidos. No chalé de Nathan confiscou papéis antigos do Consulado da Alemanha e um estranho mapa em que os três Estados do sul do Brasil estão marcados como parte da Alemanha.

Santelmo sentou-se na cama, encostado ao travesseiro que Beatrice colocara contra a parede. Começava a sentir-se melhor.

— Sua Alteza, o subdelegado, fez bem. Não é nenhum segredo histórico o fato de que Hitler pretendeu incorporar a seus territórios o Rio Grande, Santa Catarina e o Paraná. Ouvi falar de outros mapas em que aparecem só o Rio Grande e Santa

Catarina, habitados, como Triana é um exemplo, por muitos descendentes de alemães.

— Já tinha escutado isso, há anos. Nathan andou marcando também cidades com forte presença alemã, até uma estação de águas. Mas para mim há um detalhe que acaba com qualquer dúvida a respeito dos sentimentos dele em relação à assim chamada *Vaterland*. Ele escreveu no mapa, e sublinhou três vezes, a palavra *BOBAGEM!*.

— E os papéis do Consulado Alemão?

— Ele se empenhou em obter uma pensão do governo de Bonn, deve ser algo relacionado. Aliás conseguiu. Muitas respostas sobre esse e outros temas morreram com Nathan. Foram silenciadas também por Gruber, que, estou certa, liquidou Nathan.

— Sinto por ele. Sinto até por Bronx. Nathan não perdia chance de injuriar Gruber. Que aversão profunda e terrível havia entre os dois, um rancor tão grande que atravessou o Atlântico e o tempo! Ele me contou que uma vez Bronx quis avançar em Gruber.

— Quase esquecia de lhe dizer. Temos um novo Bronx. Deparei com ele abandonado, ferido, faminto, rondando o sobrado. É um animal de raça, basta olhar. Um legítimo Excubitor Despiciendus

— Nunca tinha ouvido falar nessa espécie.

— A tradição livre em português é: cão de guarda que não vale coisíssima nenhuma.

— Vocês estão se dando bem?

— Rover começa a se aprumar. Latiu para a bicicleta do carteiro. Tive de pegar a minha, mostrar-lhe que é um veículo pacífico.

— Não foi mais ao clube?

— Dei uma nova trégua àquela ilustre sociedade. Resolvi que tinha de cuidar de mim. Descobri que tinha também de cuidar de você. Como se sente?

— Com fome. Você não terá por aí, dona Beatrice Havel, um pão com manteiga e café com leite?

- 69 -

Ele encarou o lanche como um cão abandonado e ferido. Ao terminar, viu que estava só.

Entregou-se a uma demorada faxina pessoal na pia que era há tanto o seu banheiro, voltou a deitar-se, abriu o invólucro. Continha espantosos sete mil e quinhentos dólares em notas de cem e uma outra carta, em que tornou a reconhecer a letra de Lorena Sintra:

> *Vou direta aos fatos. Embora a ditadura jogue todas as suas fichas para colocar um Maluf, que todos sabem bem quem é, na presidência, nada nem ninguém vai derrotar Tancredo na eleição indireta. Assim mesmo, decidimos preservar, com o possível segredo, os grupos de resistência ao golpismo. Um de meus contatos passou a bandeja junto a empresários que estão enfim se posicionando contra o regime e apostando numa mudança. O mercado sabe farejar mudanças e se precaver. As principais contribuições à quantia que vai junto foram dos big shots, embora, é claro, seu nome e seus problemas pessoais não foram nem por sombra mencionados. Já sei há tempos que você se complicou muitíssimo mais. Falo do agente da Segurança.*
>
> *A ajuda é para se você resolver tomar outros rumos. Eu não lhe aconselharia. Meu palpite é o mesmo de antes: fique quieto por enquanto em Triana, porque no esconderijo que lhe ofereceram está bem protegido. Não me pergunte como sei sobre a Quinta do Torreão ou sobre sua dona e guardiã. Resistir é calar.*
>
> *O dispositivo a que pertenço teme: a) uma virada de mesa de última hora dos milicos da linha dura; b) uma onda de atentados (lembra-se do Rio-Centro?) que seria atribuída à esquerda; c) os radicais de sempre, que sonham com uma "república popular", sem pensar na "contrarrevolução" que isso estimularia nos quartéis. Carinho, L.*

Ele se comoveu com o gesto de Lorena. Sete mil e quinhentos dólares eram a liberdade. Poderia ir a Uruguaiana, ora de trem, ora de ônibus, cruzar a pé a ponte rumo a Libres com a possível ajuda de subornos, desaparecer na imensa Buenos

Aires, homiziado em alguma pensão de arrabalde. A Argentina havia reencontrado a democracia, lá a polícia política tinha sido aparentemente desmantelada. Poderia fazer novos exames, quem sabe marcar a cirurgia que devia ter feito há tanto em Porto Alegre. Em último caso, retomar talvez um ofício dos anos difíceis de sua juventude: pintar telas abstratamente cromáticas, como gostava de descrevê-las, para decorar consultórios médicos, escritórios de advocacia, salas de executivos, com uma assinatura tão falsa como uma nota de cento e um dólares.

Mas seria alguém sem passado e sem presente — o futuro já conhecia, o futuro era a flor maligna que crescia em seu cérebro.

Além disso, sentia-se fraco.

Além disso, Beatrice morava ao lado.

- 70 -

Ela ressurgiu com um cachorro de uma feiosa simpatia, enorme e desajeitado, que era a mais acabada mistura de vira-latas do planeta. Ao ver Beatrice acariciá-lo no rosto e ajudá-lo a secar os cabelos, pôs na cama umas patas imensas de ciúme e presenteou-o com uma lambida no queixo.

— Rover é sociável.

— Vou transformá-lo num cão mais assustador do que Bronx. Já começou a atender minhas ordens.

— Em tcheco?

— Por incrível que pareça, em tcheco. — E voltando-se para o pacote: — Notícias?

— Apenas uma. Sou um cara rico. Uma amiga me mandou sete mil e quinhentos dólares.

— Uau! Qual delas? A inglesa, a italiana, a americana? Meu Deus, quantas faltam mais? Vinte? Trinta?

— Uma ex-aluna.

— A mesma pessoa da carta para o clube, não é? A que me deixou pê da cara aquela vez. A que gosta de cinema. Como se chama? Como me descobriu, e desta vez aqui fora?

— Usando táticas próprias. Chama-se Lorena Cintra. Faz parte de um grupo que se prepara para resistir a qualquer possível golpe.

— E você?

— Eu não tenho forças armadas nem para sentar direito neste colchão.

— Fique distante de complicações, Santelmo.

— Me basta ficar perto de você.

Ela sorriu.

— Você não se livra de mim assim tão fácil.

— Pois então me faz um favor. Pega esses dólares para você. Vou morrer mesmo. Sempre evitei lhe dizer, mas para o meu caso a única solução é a cirurgia. Uma cirurgia delicada e complicada. Mas onde eu poderia fazer? Em Cerro Azul? Em Porto Alegre? Seria me entregar para a polícia.

— Como estamos animados! Desde que me contou seu problema, soube que o caminho para você seria se submeter a uma cirurgia muito difícil. Mas primeiro: eu não vou tocar no dinheiro de sua amiguinha. Segundo: não vou perguntar por que se preocupa com você. Não estou interessada em saber nem mesmo quantas vezes comeu ela.

— Ah, outra cena! A Senhorita de Pedra sofre de ciúmes!

Beatrice sorriu.

— Vamos assinar um tratado de paz e cooperação, Senhor Tão Animado. Para o bem de sua saúde, vou queimar o papel do pacote, o envelope, a carta. Os dólares, eu escondo.

— Onde vai guardar? Com os murais e os enterros?

— Não há murais nem enterros. Mas tenho no sobrado um pequeno cofre encaixado na máquina de costura. Coisa do tempo de Martim.

— Para mim está perfeito.

— E um dia se irá?

— Beatrice Cenci: as acomodações são da pior categoria, mas este cão demonstra um certo quebranto por mim e a vizinhança do flat é encantadora.

Ela roçou os lábios nos seus e ordenou:

— Durma.

- 71 -

Dormiu como o menino que fora. O campo era vasto, cercado de florestas, e entardecia. A vegetação erguia-se densa, os espinhos o feriam, mas ele continuava sua busca, gritando.

— Lisandra! Onde está você, Lisandra? Tem lobos soltos por aí, Lisandra!

A noite se aproximava, uma angústia infinda o possuía, chegava a ver a irmã, tão indefesa, sendo atacada pelos lobos e agora a voz lhe faltava e tentava gritar Lisandra! e som nenhum lhe saía da garganta.

E em sua ânsia pôs-se a correr desorientado até tombar exausto na clareira onde Lisandra, a dos olhos garços, a que queria tanto, brincava de brincar com os lobos.

Ele a abraçou, mas sua irmã o afastou, queixando-se:

— Por que se mete sempre na minha vida? Por que não me esquece com meus amigos lobos? Sempre vou ter amigos lobos! Eles não me fazem mal. Por que não me deixa com meus amigos lobos e tenta parar aquele trem? Aquele trem vai bater noutro trem e você não vai fazer nada para salvar meu pai e minha mãe. Sabe que eles são só meus? Sabe que nunca foram seus pais?

- 72 -

Despertou com as mãos de Beatrice, que deslizavam por seus rosto.

— Sonhos?

— Lisandra, outra vez.

— Por que não a esquece um pouco?

— Eu a amava muito. Eu sofri demais quando ela se foi. Com ela, foi-se uma parte de mim mesmo. Ela era também uma parte de meus pais.

— Contaria isso a um médico?

— Um analista? Tive mais de um.

— Há um tipo esquisito em Triana.

— Não é a especialidade local?

— Esse é o mais esquisito de todos. Creio que já lhe falei sobre ele. Mora num vagão descarrilado.

— Grande vantagem. Eu vivo numa torre em ruínas. Quem é ele?

— Segundo ouvi dele mesmo e de outras pessoas, é médico. Clinicava em uma cidade chamada Whitstable, na Inglaterra. Integrou uma expedição de arqueólogos britânicos que fez pesquisas em Restinga Seca, de onde, dizem, roubaram o esqueleto de um dinossauro inteiro e sumiram. Parsons ficou. Casou com a filha de um vidente. O vidente lhe ensinou Português e muitas outras coisas, menos botar o olho na mulher, que fugiu com o capataz de uma fazenda. Parsons se instalou em definitivo em Triana, no tal vagão fora de combate. Colocou na frente uma placa.

— “Compram-se dinossauros”?

— Não. “William Parsons, M.D. Rezas e benzeduras”. Deve levar jeito para ofício, pois sua clientela inclui desde quem não tem como pagar até a aristocracia da aldeia, a começar pelos donos da Porta Nigra, os plantadores de cevada, enfim, os ricos desta vila. Falam que operou prodígios.

— Beatrice: o cara é um curandeiro.

— É um homem doce e sábio. Quando eu era menina, me dava lições de Inglês e de lepidopterologia. Mas me ensinava principalmente que a cura dos males não está nos remédios. Está em nós.

— Lepitdopte o quê?

— Parsons estuda borboletas. Cercou o vagão de jardins, construiu neles um pequeno pavilhão para as suas coleções.

— Talvez ele cure borboletas. Beatrice, eu caminho para o nada.

— Santelmo, por favor, você se incomodaria de vê-lo, nem que ficasse calado como um escargot?

— E mesmo se eu não falasse, o seu doutor não iria embora direto à casa do subdelegado?

— Não. Parsons é meu amigo. Costumo vê-lo de vez em quando.

— Você tem amigos excêntricos, a principiar por mim.

— E você, Santelmo, anda me escondendo coisas.

— O quê? Meu charme? — sorriu.

— Olhei as caixas de seus remédios. Estão no fim.

— Já notei, mas não posso fazer nada.

— Mas eu posso. Lembra-se de um homem chamado Natalício?

— Sei quem é. Me acolheu bem logo após minha chegada a Triana.

— Uma vez por semana Natalício, que é sacristão, vai a Cerro Azul, mas não para rezar. Vai ver os netinhos. Uma de suas filhas é casada com um funcionário de uma distribuidora de medicamentos.

— Ele me conseguiria o que só pode ser obtido com receita?

— Confio em Natalício. Ele vai ajudá-lo a repor sua medicação.

— Tenho boa impressão dele. Mas esse Parsons não avia receitas?

— Só se você se contentar com um chá de laranjeira.

- 73 -

Parsons era pequeno e rosado. Desceu ao porão sem espanto ou grande dificuldade.

Fixou o olhar atento e transparente em Santelmo, tirou do gasto avental alguns seixos, mexeu com eles por algum tempo, murmurando coisas em voz baixa, mergulhado em reflexões abissais, e então disse:

— Dois décimos. É quanto o senhor tem.

— De vida?

— De enganos. É uma boa média.

— Que enganos são esses?

— As trilhas que tomou. Nenhuma das suas parece levar à autodestruição. Todos somos atraídos pelo aniquilamento, sabia?

— Por quê?

— Porque somos autodestrutivos por natureza. Nos pesa por vezes uma culpa infinda e inútil do que não somos, do que não fizemos. Uma culpa que é também do que quisemos, sonhamos e não conseguimos. Nos oprime por vezes a autopunição do que nem por sombra somos responsáveis. Não somos mesmo livres de espectros que, vindos do passado, da recriação onírica do que não se deu de verdade, nos acusam de coisas que jamais fizemos. Sabe que os sonhos podem ser por vezes a memória do que não houve? Somos os mais duros juízes de nós mesmos. Nos sentenciamos por erros em que nunca incorremos.

Aquilo o interessou:

— Qual é mesmo o papel dos sonhos em tudo isso?

— Há sonhos que são vetores dessa espécie de autocondenação.

— E não existem males físicos?

— Existem: podem ser por vezes a transposição carnal das culpas que imaginamos.

— Eu tenho um problema de saúde muito grave. Fico bom se me absolver de comportamentos que não tive?

— Não é tão simples.

— E qual é a minha alternativa?

— Falar. Falar com você próprio. Se quiser, falar comigo. Esta é a primeira parte.

— E a segunda?

— O meu silêncio. Fique em paz. Jamais o vi.

- 74 -

— Qual foi a sua impressão?

— Você tinha falado para ele sobre os meus pesadelos, não é?

— Não, Santelmo. O que você confia a mim, fica comigo.

— Ainda bem. Mas tenho que dizer que o seu doutor não é pouca coisa. É uma pessoa que sabe me sondar de um modo surpreendente, que parece conhecer algo de mim, apesar de sermos estranhos. É claro que aqueles seixos, aquelas palavras em voz baixa que não entendi são apenas um jeito de ajudá-lo a pensar. Mas ele estava se dirigindo somente a mim, quando, é evidente, não sou o único a ter sonhos como os que venho tendo. Sonhos estranhos. Sonhei até com lobos, pode? O que achou do que seu curandeiro disse sobre sonhos?

— Achei que foi muito verdadeiro. Você falaria com ele?

— Senhora: eu sequestraria a lua, eu raptaria as estrelas para contentar-vos.

Beatrice sorriu.

— E qual foi a *sua* impressão? — volveu ele.

— De quê?

— De Lorena, a minha aluna. De sua carta, dos dólares. Ou já esqueceu?

— Li a carta, mas ela já é cinzas. Os dólares estão bem escondidos na máquina Pfaff, alemã como meia Triana.

— Tenho um bom emprego para eles. Remobiliar o sobrado. Dar uma geral no torreão.

— Por que não reerguer os Jardins Suspensos da Babilônia?

— Falo em projetos simples e úteis.

— Algum dia o sobrado voltará a sua pompa e circunstância. Quanto ao torreão, às ruínas, é melhor que permaneçam o que são: marcos de antigamente.

Chegavam até eles os latidos de Rover.

Beatrice resolveu subir. Temeroso do cão, a esperava o novo vigário local, entronizado uns dois meses antes.

Era um homem jovem, vestindo batina, dono de um acento italiano.

— Me desculpe por não tê-la avisado. Assumi há pouco a paróquia, ando visitando meu rebanho. A caminhada até aqui foi um teste para o meu preparo físico.

Ela o convidou ao sobrado.

— Eu uso uma bicicleta para as idas a Triana, Padre...

— Becchi.

— Mas já devo avisá-lo: não pertenço ao seu rebanho ou a qualquer outro. Seu colega protestante, o pastor Wiltges, andou querendo me levar uma vez a seus cultos. Vocês devem ser rivais, não?

— Não. Hoje em dia as rivalidades não são bem vistas pela Santa Sé. Esse Wiltges só escolheu mal o lugar para o seu ministério. O pessoal daqui provém quase todo de regiões católicas da Alemanha. E, é claro, me referi a rebanho como uma clientela potencial. Quem sabe ainda a converta...

— Será mais fácil revestir de fórmica o torreão aí ao lado.

— É outro de meus interesses aqui. Tem dados históricos sobre a Redução dos Jesuítas?

— Não há nada realmente comprovado a respeito. Os livros sobre o tema não ajudam. Séculos atrás, como em tantas outras partes do Rio Grande, nesta região viviam índios. Mas não se sabe se missionados ou não. Há menções explícitas apenas ao bárbaro ataque dos civilizados exércitos europeus, portugueses e espanhóis, contra os povos originais destas terras, os verdadeiros donos delas. Provavelmente depois, o torreão aí ao lado virou uma tapera. E o pior: deformada. O que pode parecer ter sido um campanário primitivo sofreu mutações sucessivas, converteu-se ora em morada, ora em celeiro. Hoje não é uma coisa, nem outra. Hoje é apenas uma velha construção, sem data de batismo registrada.

— Percebi o mau estado ao chegar. Mas na Universidade de Cerro Azul se realizam hoje em dia estudos sérios sobre a ação missioneira nesta área. Teria havido aqui em Triana uma redução, chamada de São Denis.

— Isso é coisa de que se fala há muito tempo. Em todo caso, é bom saber que alguém esteja estudando essa questão. Os pesquisadores já devem ter chegado no entanto à conclusão a que eu mesma, lendo sobre História, cheguei como leiga anos atrás, ou seja, que várias missões, não as dos Sete Povos, outras, tiveram uma duração transitória, até meteórica. Existia o que se chamava de bandeirismo de contrato. Os bandeirantes vinham capturar índios missionados, para escravizar e vender seres humanos sujeitos de direitos, em São Paulo ou no Nordeste. Eram tidos como excelente mão-de-obra. A resistência que encontraram foi batida.

— E quanto a rumores de enterros? De murais?

— São como disse: rumores.

— Senhora, nasci perto, em Santaclara, mas estudei desde cedo em Roma. Recebi ontem uma comunicação que me encheu de alegria. Monsenhor Giovanni Cedro, o cardeal-procurador do Instituto da Propagação da Fé, que também é gaúcho e desta região, vem ao Estado e quer me ver. Somos amigos. Fui seu aluno de teologia no Colégio Pio Brasileiro. Sua Eminência irá a Porto Alegre ao fim de uma visita pastoral ao país e quer passar uns dias descansando em nossa aldeia. Seu hobby são as pesquisas sobre as Missões. Estaria disposta a acolhê-lo aqui?

— Mas é claro, reverendo. Eu o acolheria com um polido, mas sonoro não. Não vivo em algum tipo de museu. — E com o mesmo tom calmo: — Que tal um café, Padre Becchi?

- 75 -

— O que queria o abelhudo? — indagou Santelmo.

— Suponha qualquer coisa inusitada.

— Veio atrás de você...

— Claro que não. Seu interesse é no torreão, nas ruínas. Na História que nunca houve. Vem aí um figurão do Vaticano atraído pelo tema. Eu expliquei ao Senhor Cura que isto aqui não é um museu.

— Não é surpreendente essa atração que o torreão exerce? Agora até do Vaticano?

— Quando meu pai vivia, o embaixador da Santa Sé em Triana era um tipo burro e anacrônico, tanto que, como sabe, mandou os colonos caiarem os murais. Mandou que antes raspassem tudo com formões.

— Sei, era um vigário bem radical.

— Sem essa providência tão prática, poderiam ser recuperados.

— A Igreja mudou um pouco.

— Sei que de vez em quando sopram ventos de renovação em Roma. Ainda assim, minha aversão a batinas continua absoluta. A atração que você mencionou se deve em parte aos métodos medievais do cura daquela época. Ele transformou tudo numa espécie de auto-de-fé. Nem a Inquisição teria sido mais estúpida. Isso fica no inconsciente das pessoas, se transmite de geração a geração. E quem conta um conto, aumenta um ponto.

— É onde entram os enterros?

— Isso é uma invencionice ainda mais anacrônica. Tem séculos.

— E quanto às libras de Martim?

— Um outro elo na corrente de fantasias.

— Aumentado zelosamente pelo Nathan.

— Nathan partiu.

— Mas você ainda se sente culpada por seu fim, não?

— Talvez um pouco. Como me disse uma vez Parsons, os vivos se julgam guardiães de seus mortos. Pensam que cabe a eles carregar a imaterial, insuportável opressão de sua ausência.

- 76 -

A partir desse dia, suas conversas foram se revestindo de uma suave intimidade, primeiro nascida ainda de reflexões algo sombrias, logo mais íntimas e táteis.

Numa noite de tormenta, em que o vento ganhava uma força capaz de arrancar árvores e destelhar o sobrado, Santelmo viu Beatrice surgir-lhe com uma cama de armar, colchas, viandas quentes.

O próprio torreão dava a impressão de oscilar com a força dos ventos do temporal, mas eles se distanciaram de tudo quanto não fosse a doce fruição de uma súbita cumplicidade. Recomposto das crises, foi Santelmo quem propôs que juntassem os dois leitos, pois mesmo ali até a pequena mesa parecia tremer, apesar das compactas paredes que os cercavam.

Ele ajudou-a a secar sua face e sem aviso seus lábios se encontraram longamente. Santelmo a desnudou com brandura, enquanto Beatrice o despojava de suas roupas. Quis submetê-la, mas ela o deteve, com delicadeza.

— Não. Deite apenas ao meu lado.

Seus corpos se uniram e ele percebeu que ela o conduzia ao centro de seu prazer, e foi assim, lado a lado, que a penetrou lentamente, com uma suavidade que desconhecia. E a noite sacudia o mundo e relâmpagos sulcavam o universo e a luz se apagou, mas ambos só cuidavam de se entregar a novos jogos de sensualidade e ternura. Depois do amor, repousaram um no outro, mas os primeiros sinais da claridade da manhã tornaram a surpreender Santelmo beijando os mamilos claros de Beatrice, gesto que ela retribuía, deliciada, com carícias. E provavelmente teriam perdido a noção das horas se uma buzina não soasse lá fora, lá onde ficara a realidade de que se tinham evadido.

- 77 -

Beatrice vestiu-se rápida, subiu e antes de fechar a tampa do porão soprou-lhe:

— A Santa Madre é do gênero insistente.

Padre Becchi não se animava a descer de um carro da Prefeitura de Cerro Azul, ante os latidos de Rover, mas ela aquietou o cão.

— A que se deve tão ilustre presença matinal? — quis saber, depois que, vencido o lamaçal e galhos de árvores que cercavam o sobrado, acomodaram-se na sala de entrada.

— Pelo que vi os estragos foram grandes por aqui também. Em Triana há casas destelhadas e vários desabrigados.

— Certamente não foi o que o trouxe à granja.

— Não — disse o visitante, ensaiando um sorriso. — Estou incumbido de uma, vamos dizer, tarefa diplomática.

— E qual seria sua incumbência?

— Senhora, dei conhecimento ao Cardeal Cedro, por intermédio de uma ligação telefônica internacional que fiz de Cerro Azul, de sua oposição a que ele examine as ruínas, quando vier a Triana.

— Exerci um direito. Esta propriedade é minha.

— Falei exatamente isso àquele ilustre prelado. Sua Eminência me fez ver contudo que mesmo justos títulos têm limites de índole social. Se a senhora desfruta de um bem de interesse coletivo, como seria uma redução jesuítica centenária, prevalecem certas conveniências de caráter superior.

— Que tipo de conveniências?

— Em síntese, me refiro à utilidade geral e pública desses bens.

— Pois transmita ao seu cardeal, com as minhas respeitosas saudações, dois recados: não há qualquer estudo sério que certifique a existência de uma redução jesuítica aqui. Segundo: na Quinta do Torreão ele não pisa.

— Monsenhor Cedro é um homem precavido. Pediu-me que lhe recordasse que houve nos últimos anos lamentáveis e desgastantes equívocos nas relações entre o Vaticano e o governo brasileiro. Este último não há de ter a menor inclinação de agravá-los. Fará por isso mesmo o que estiver ao seu alcance para preservar o espírito de concórdia e de compreensão em todo e qualquer campo, ainda que em se tratando de pesquisas históricas na aparência desimportantes.

— Quer dizer que o seu monsenhor está disposto a criar um incidente oficial por causa da droga de um monte de pedras? Será que ele não sonha que os militares que ocupam o poder neste país estão caindo de maduros?

— Não se trata aqui só de uma relação de governos, mas de Estados soberanos.

— De que lado o senhor está, Padre Becchi?

— Da lei e da minha consciência.

— E nenhuma das duas sequer lhe insinuou que, para contentar um cardeal metido a historiador, o senhor está atropelando ambas?

— Por favor, não se exalte, dona Beatrice.

— Quantas ligações internacionais voaram sobre o Atlântico, enquanto bem aqui pessoas perdiam seus lares?

— Oh, a paróquia já as está auxiliando.

— E o que mais fará a paróquia? Mandará tanques para usurpar uma propriedade privada? Outros emissários, os da repressão, já estiveram aqui e quase desmantelaram este sobrado

— Senhora, eu lhe peço, não se exaspere.

— Acontece que eu já estou pra lá de exasperada. Estou enojada com suas pressões. O que tem a ver com esse imbróglio a Prefeitura de Cerro Azul, que, ao invés de estar socorrendo os flagelados da tormenta em Triana, este nosso distrito esquecido, põe à sua disposição um carro pago com o dinheiro do povo?

Padre Becchi ergueu-se:

— Percebo que não há clima para diálogo. O prefeito de Cerro Azul quis apenas me prestar um obséquio, cedendo o automóvel, pois as estradas se encontram quase intransitáveis. O prefeito sabe bem quem é Monsenhor Cedro e quer lhe prestar adequada acolhida. Mas fique tranquila: agiremos dentro do espírito e da letra de todas as normas jurídicas.

— Comece obedecendo uma.

— Qual, senhora?

— Não pinte aqui de novo sem expresso mandado judicial.

- 78 -

Beatrice não demorou a segui-lo rumo à vila. A tempestade causara poucas avarias ao clube e à sua biblioteca, em contraste com os estragos em casas humildes, algumas bastante danificadas pelo granizo.

Com discrição, ela buscou mais informações sobre o novo vigário. Descobriu com Natalício, — a quem repassou sem maiores explicações os nomes dos remédios que precisava de Cerro Azul — alguns fatos que achou interessantes.

Segundo Natalício, o Padre Becchi era um bom orador, esforçara-se desde a chegada em cultivar boas relações com os assim chamados pilares da sociedade de Triana e teimava em usar sempre batina. Tinha certa queda pelo poder e elogiava abertamente as Excelências reinantes no país. Mas era um homem amargurado. Ao completar seus estudos no Colégio Pio Brasileiro e ordenar-se em Roma, sonhara com algum posto em uma paróquia bem situada em Porto Alegre e não se desagradaria de servir na Cúria Arquidiocesana. Intrigas — ao que tudo indicava decorrentes de sua simpatia pelas teses tradicionalistas do arcebispo francês Marcel Lefebvre — o haviam jogado naquela paróquia, a seu ver de ínfima categoria.

— Não baixou a crista — observou Natalício.

E contou a Beatrice que Becchi já na volta ao Brasil, ainda em Porto Alegre, havia começado a bombardear a hierarquia eclesiástica com sentidas queixas de seu exílio. Começou também a corresponder-se com o Cardeal Cedro. O cardeal, não por acaso, era igualmente admirador de Lefebvre. Tinha sido aliás ideia de Becchi interessar o purpurado em eventuais resquícios de uma missão jesuítica na Quinta do Torreão e de convidá-lo a repousar das canseiras da viagem que faria pelo Brasil ali mesmo, no cenário das ruínas.

Devia ser bom de papo, pois, como ela escutou na Porta Nigra, a visita de Cedro ao povoado era tida como certa e o Padre Becchi mandara pintar a casa paroquial só para recebê-lo com as honras devidas a tão insigne figura.

Aquilo a deixava tensa, pois significava a inevitável presença de estranhos na quinta. Primeiro teria de esconder Santelmo provavelmente em algum ponto do próprio sobrado. E depois, dependendo do poder de fogo do pároco e do procurador do Instituto da Propagação da Fé, franquear o torreão a estranhos, algo que não admitia nem por sonho.

- 79 -

— As raposas são civilizadas?

— Que raposas?

— As do sótão do sobrado — disse Santelmo, ao ouvi-la, inquieta. — Velhos sótãos têm raposas e o seu deve abrigar uma coleção e tanto.

— Talvez tenha mesmo de esconder você lá em cima. Seja delicado com os bichinhos.

Recém haviam feito novamente amor e ela repousava a cabeça em seu peito.

— Lá ou na cela dos escravos.

— A que nunca existiu? Aquela foi criada especialmente para o pobre Nathan. O que me preocupa é essa gente vir fuçar aqui no torreão.

— Não é apenas um monte de ruínas?

— Santelmo, você é um amante maravilhoso, mas um professor de uma candidez espantosa. O torreão deve ter algum valor histórico. Uma expedição arqueológica bem orientada toparia aí pelos arredores com panelas, moedas, quem sabe até objetos de cerâmica.

— Os famosos enterros?

— Um que outro dobrão, ponteiras de armas antediluvianas, sei lá o que mais.

— E o que há de tão terrível em que localizem tudo isso?

— Senhor Professor de Araque. Não compreende que estas ruínas são parte de mim? Eu as explorei quando criança, eu brincava por estes lances com meninas imaginárias, eu ouvia Martim narrando lendas sobre cada peça e canto e mistério e sombra deste torreão. Ninguém tem o direito de me arrebatar isso.

Beatrice se soerguera. Santelmo acariciou suavemente seus seios perfeitos, o que provocava nela súbitos choques de excitamento.

— Senhora Castelã. Ninguém vai lhe tirar nada enquanto eu estiver aqui.

E docemente, brandamente, aninhou-se em seu corpo.

Como se houvesse algum tratado não escrito entre eles, não falavam muito sobre aquela terna aproximação. O tempo aquecia, o canto dos pássaros e das cigarras os despertava à primeira luz da manhã, mas uma preocupação comum os dominava.

Beatrice soubera no povoado que o vigário aguardava a vinda de técnicos do Departamento Estético e Histórico Nacional, o gigantesco DPEHN — por alguns conhecido mais por Depena, tal o vulto dos seguidos cortes de suas verbas. Ainda que os trâmites se alongassem até permitir-lhes o ingresso na granja, o Cardeal Cedro exerceria toda a sua influência para que os obstáculos fossem tanto quanto possível afastados.

Isso significava a presença de invasores na granja, o que culminaria com a intrujice de Sua Eminência em pessoa. Mas Beatrice antepunha a tudo a segurança de Santelmo.

Haviam mencionado quase de passagem o sótão do sobrado, mas agora essa lhes parecia a escolha possível. O acesso se dava por um outro alçapão, menos velado que o do porão, ao alto, no teto da cozinha. Uma inspeção inaugural naquele espaço alado se revelou menos desencorajadora do que esperavam. O sótão era amplo e abrigava material de construção, tonéis, uma arca de latão vazia. Não se notava sinal de raposas.

Com senso prático, Beatrice decidiu que várias das telhas avariadas pela tormenta seriam substituídas, na parte bem ao fundo, por outras de vidro, da Fábrica Trevisan, de forma a dar entrada a alguma claridade.

Grampos de aço fixariam um dos tonéis sobre a abertura para a cozinha do sobrado. Gastas fiações elétricas seriam renovadas e instalada uma lâmpada, além de uma pia, um vaso, uma cama. A parte traseira, que se comunicava com a caixa d'água, sofreria ligeira operação plástica, possibilitando ingresso e fuga através de uma brecha que só seria alcançada por uns andaimes externos de ferro, há muito esquecidos em meio à hera que crescia solta.

Ainda assim nenhum dos dois desconhecia que Santelmo seria uma presa relativamente fácil ali, caso alguém tornasse a desconfiar de sua presença na granja.

- 80 -

Como na remoção da caliça do sobrado, decidiram agir de modo a não despertar suspeitas: os dois se encarregaram de tornar habitável o sótão sem qualquer ajuda, pois qualquer auxílio externo denunciaria Santelmo. Às sete da matina, ele já estava entregue a uma operação de limpeza que lhe consumiu algum tempo, pois era preciso também acabar com os insetos, velhos moradores do lugar, e até convencer um corujão de que aquele não era o seu palácio. As ideias mais criativas eram no entanto de Beatrice, que o auxiliava quando regressava da vila. Foi ela quem engenhou um sistema de roldanas para fazer subir os materiais necessários, encheu de areia e pedras o tonel que vedava o antigo acesso, arrematou no brique anexo à Porta Nigra um ventilador que devia contar uns três séculos e passou a aliviar o calor do aposento. Em conjunto, e com mais dificuldade, se encarregaram ainda das instalações hidráulicas.

— E se essa trabalheira toda for por nada? — perguntava ele, em desalento.

— Não vamos desanimar. Ando aprendendo fatos curiosos em torno do nosso bravo pároco, em especial com Natalício. Ele voltou a me assegurar que o Padre Becchi, como o cardeal, é mesmo admirador irredutível desse Monsenhor Lefebvre, que decidiu desafiar o Papado. Natalício, como você sabe, é negro, e já começou a ter dificuldades com Becchi, acho que só por causa de sua cor. Esse vigário é racista.

— Racista e reacionário.

— Põe reacionário.

— Natalício me parece uma ótima fonte.

— Por falar nisso, ele trouxe seus remédios de Cerro Azul. É discreto, e eu fui discreta a seu respeito. Natalício às vezes diz que é sacristão-filósofo, em outras que é teólogo.

— Então é como dois personagens de Machado de Assis, que aparecem em dois de seus melhores contos. Esse Lefebvre também sei quem é: um francês que tem a cabeça na Idade Média.

— O Cardeal Cedro reza pelo mesmo catecismo, embora ultimamente venha guardando suas ideias para consumo próprio, de acordo com Natalício. Ainda assim foi meio escanteado.

— Mas se conserva bem posto na hierarquia.

— Já teve bem mais poder, pelo que diz Natalício. Como não espalha isso, está vindo ao Brasil com a pose de um homem da cúpula romana, a quem ninguém ousaria desfeitear.

— E isso quer dizer?

— Que moverá céus e terras se resolver que aqui houve uma missão jesuítica e que o torreão deve ser desapropriado, tombado. Nesse caso, eu mesma vou preferir tombá-lo, num sentido mais literal.

— Você jamais chegaria a tanto. Esse torreão vem de séculos, não merece. Tenho pensado que a ânsia desses caras em tentar provar que houve uma redução aqui tem a ver com o fato de que a História também é feita de lendas. De realidade e de ficção. Temos uma realidade aqui: essa construção muito antiga que, ao que que se supõe, não foi parte de algum templo. Foi, no máximo, utilizada como campanário. E temos também ficção, como nas *Histórias* de Heródoto. Aliás, nas *Histórias* há ainda muito de etnografia e de antropologia. E não se pode esquecer o papel dos mitos, que são um modo idealizado de recriar um momento da trajetória humana. Tem ainda a tradição oral, que vai se distorcendo através dos tempos. Parece que alguma empoeirada tradição oral associou este lugar a uma redução jesuítica.

— Senhor Professor, temo que Heródoto ou quem mais seja não vai nos ajudar muito a dar um chega pra lá nesse cardeal.

- 81 -

Santelmo chegou à base concreta das razões de Beatrice para, ou conservar as ruínas, ou não permitir que pessoa alguma as devassasse, ao descobrir por acaso, no torreão, a entrada do porão inferior, de onde provinham como por mágica os vinhos do Neckar. Em um amanhecer, logo ao levantar-se, sofreu nova vertigem, algo cada vez mais comum em seu estado. Quase ia caindo, mas conseguiu apoiar-se na parte baixa do velho e sólido aparador que se erguia quase ao canto do lado direito de seus precários domínios. A parede entreabriu-se. Era obviamente o limite dissimulado que já tentara achar.

Ele apanhou a lanterna, desceu escadas e deu com uma prateleira bem provida de garrafas. Bastou-lhe afastar algumas para divisar adiante um vasto lance ornado ao fundo por imagens difusas. Voltou-se ao ouvir um ruído e topou com Beatrice.

— Agora você sabe — falou ela

— Palavra que eu não estava nem tentando transpor essa entrada.

— Então não tente mais — tornou, séria. — Há trabalho à espera no sobrado. Prometo-lhe que ainda hoje lhe mostrarei tudo, ao voltar do povoado.

Volveu antes da hora habitual, e o convidou a dividirem um chá no sobrado, protegidos pelas venezianas de possíveis olhares indiscretos da vizinhança e por uma nova chuva forte.

- 82 -

— Eu acabaria lhe contando — disse, com um ar grave que feria a delicadeza de seus traços. — Eu não conseguiria calar, depois do que está havendo entre nós.

— O que está havendo é bonito.

— Não sou apenas mais uma distração para você?

— Nunca foi.

— Preciso estar certa disso.

Ele se ergueu, beijou-a nos lábios. Percebeu o leve estremecimento de seu corpo, uma de suas reações que mais o seduziam.

— Acredita agora?

— Tento acreditar — murmurou ela. — A verdade é que você me atrai como homem nenhum antes, mas às vezes me intimida.

— E por quê?

— Porque já tem tanto de mim. Porque já me envolvi com alguém antes e a paixão é um cárcere.

— Pareço um cárcere?

— Você parece neste instante um menino inseguro, surpreendido numa travessura. — Seu sorriso voltava, franco. — Vou ser mais que travessa do que você. Vou confiar em você como nunca confiei em ninguém. Só lhe peço que me escute um pouco.

As mãos lhe tremiam quando depôs a xícara no chão de ladrilhos e começou.

— Martim tinha certa influência política em Portugal. Era um homem de fortuna, empresário e político. Quando Salazar empalmou o poder, e especialmente depois de que instituiu o regime de uma única facção, ele era um dos raros líderes com capacidade de lhe criar dificuldades. Ao ser baixado o chamado Ato Colonial, que na prática reduzia os habitantes de uma Angola ou de um Moçambique à condição de membros de raças inferiores, tudo isso em meio a uma crise econômica mal disfarçada, levou Martim a refletir que cedo ou tarde teria de enfrentar problemas sérios. Ele se opunha fortemente a todas aquelas decisões do governo. Na época e depois, qualquer reação à ordem das coisas em Portugal não era tolerada. Em surdina, Martim conseguiu transferir seus haveres para o Banco Rothschild, de Paris, e foi na França que se homiziou. De lá tocou-se para Nova York e o Rio, numa longa estratégia de despiste. No Rio, sofreu um duríssimo golpe. Sua esposa, Beatriz, bem mais jovem do que ele, perdeu o bebê que esperava e a vida. Era uma menina. Era uma Beatriz, como eu sou Beatrice. Penso às vezes se essa não foi uma das causas por que me adotou.

Nesse ponto Beatrice silenciou por uns momentos, comovida. Quando se recompôs, continuou:

— Ele estava devastado pelo golpe duplo que tinha sofrido. O Rio por isso lhe provocava más lembranças. Uma dor íntima, profunda, o abatia. Decidiu recomeçar em outro lugar. A escolha que lhe pareceu mais adequada era o Rio Grande, que aliás havia sido a primeira nos planos do casal. Olhou terras em Alhandra, Santaclara, Cachoeira, depois soube desta granja à venda aqui em Triana. Concluiu logo o negócio, ou com o Quinteiros, ou com alguém mais. Remodelou a casa, numa tentativa malsucedida de imitar a sua, no Algarve, transformou as ruínas vizinhas de um modo que só agora você começa a fazer ideia. Foi ele quem batizou a propriedade de Quinta do Torreão. Viveu como um recluso, desiludido da política e dos homens, saudoso da mulher que perdera, da filha que não tivera. Algo do seu antigo entusiasmo pela vida renasceu quando fui entregue a ele, pequena e frágil. Eu era, sem saber, a menina que ele tinha perdido. Ao contrário do que é mais corrente na vila, foi o último a encomendar obras a meu pai. Contratou-o quando Milan Havel, o Cabo Milho, já era um proscrito. Incumbiu-o de vários trabalhos. O principal, evidentemente, foi a obra de arte que será pela primeira vez vista por um professor, e um professor de teoria estética. Nem Nathan, que os havia apresentado, teve uma noção mais precisa do que havia naqueles subsolos, a não ser o que tinha escutado de um sujeito que fez serviços avulsos aqui. A Nathan foi vendida a ideia de que meu pai só tratara de tornar o torreão habitável.

— Sou a prova, como hóspede.

— Aquele nível em que você ficou é muito mal acabado. O de cima não, com o piso de sândalo. Na primeira noite preferi deixá-lo nesse de cima. Mas aí refleti que ali você seria facilmente encontrado. Decidi pelo de baixo, mesmo sabendo que era um alto risco, pois você é afinal um professor de teoria estética, interessado em arte. Preferi me expor ao máximo, ignorar o perigo de que você pudesse dar com a entrada do segundo subsolo. Se dá conta do que fiz por você, Santelmo Cimbres?

— Você me associa até hoje a perigo. Eu não sou perigo nenhum. Nunca fui.

— Foi, sim, para o coronel em que bateu, para o tira que apagou. Sem contar as muitas damas que desencaminhou...

— Nunca seria um perigo para você, Beatrice.

— Espero que prove isso, e bem provado — tornou a sorrir. — Mas voltando ao que lhe dizia: só meu pai seria capaz de fazer o que foi feito com o torreão, na época. Não se sabe quando, por quem ou por quê, tinham sido escavados ali subsolos, o maior dos quais você entreviu hoje. Talvez sejam refúgios de índios, restos de alguma revolução, houve tantas no Rio Grande do Sul. Martim decidiu recuperá-los todos. O que fica abaixo de seu apartamento recebeu um tratamento muito especial e muito caro. Foi preciso ampliá-lo. Foi necessário recrutar operários fora daqui, em Santa Catarina, para que não falassem em Triana de que espécie de obras se tratava. Foi preciso hospedá-los na parte superior, onde você passou a primeira noite, convencê-los gentilmente de que seriam tratados a vela de libra — a expressão é de Martim — desde que evitassem o povoado. Houve grandes churrasqueadas entre eles, com chope correndo solto. Eram gente boa, não causaram problemas, com exceção de um, embarcado sumariamente por Martim em Cerro Azul, com passagem só de ida para Uruguaiana. Enquanto as obras seguiram seu curso, Nathan foi constrangido, com alguma energia, a não aparecer aqui. Mas Martim chamou o vigário e lhe mostrou o mural que você apenas entreviu hoje. O padre escandalizou-se, quis ensaiar um protesto. Foi calado com um Colt, uma razoável soma de dinheiro e a ameaça de que se alguém ouvisse meia frase sobre a pintura — é uma só, e não várias, como espalharam depois — ele desembocaria no inferno bem antes da data marcada.

— E mesmo depois de ter condenado os murais raspados e encobertos de Triana, esse pároco se calou? Martim lhe deu tanto dinheiro assim? Lhe deu o ouro dos enterros?

— Lhe deu o dinheiro que tinha de sobra. O padre era covarde e ambicioso. Prometeu silêncio, embolsou a grana e obteve, com a ajuda do bispo de Cerro Azul, transferência para o Mato Grosso. Sofreu um vexame derradeiro: todos a essa altura pensavam que o Cabo Milho há muito tinha deixado Triana, mas ele continuava aqui na granja, completando outros trabalhos de que lhe falei — ou melhor, calei. Martim convocou o reverendo para outra visita e fez com que meu pai lhe dispensasse um tratamento à base de relho. Era a sua maneira de vingar-se de todas as tiranias, uma forma simbólica, mas bastante eficaz. Ele ainda ajudou Milan Havel, findas as obras, a mudar-se para um lugar distante, que levei anos para localizar, tarde demais.

— Me concede um aparte, Senhora Minha?

Beatrice assentiu com um gesto.

— Todos os que quiser.

— E Nathan?

- 83 -

Ela o olhou por uns momentos pensativa, e então falou.

— Nathan reaproximou-se quando Martim adoeceu. Cuidou de seus negócios quando ele foi se tratar fora. Cuidou também de mim, do modo como já lhe contei. Cuidou ainda de dar sumiço no dinheiro de Martim. Mas Martim nunca lhe falou nem do mural, nem de coisa alguma mais que meu pai pudesse ter acrescido ao torreão. Eu sabia de tudo, mas não disse uma palavra, como havia prometido a Martim. Muitas vezes, bêbado, Nathan se tornava tão importuno, tão inconveniente, que eu, menina, tinha de me esconder dele no labirinto subterrâneo em que se converteu o torreão. Nathan no entanto era um cabeçudo. Tanto virou e mexeu que acabou ouvindo, de um eletricista que andou fazendo uns biscates aqui, uma referência à pintura. Até a sua morte, encontrar o painel foi a sua obsessão. Você mesmo é testemunha disso.

— Quase não falava de outra coisa para mim.

— Antes, as pessoas que sabiam que há mesmo um painel eram Martim, Milan Havel, os operários muito bem pagos, o vigário, o eletricista abelhudo, além de mim. Agora você sabe também. O que Nathan ouviu morreu com ele.

— De mim, ninguém ouvirá nada.

— Estou certa disso. Você desvendou o segredo por um acaso incrível. Só há um ponto na base daquele aparador que remove a parede falsa de tijolos aparentes, e ainda assim tem de ser tocado de baixo para cima, num ângulo absolutamente preciso e com a pressão exata. Primeiro deve ser afastada uma proteção metálica, que você sem querer deslocou. Você fez tudo isso, sem saber. A proteção nem estava bloqueada, esquecimento meu que talvez Parsons explique...

— Eu apenas sofri um desequilíbrio e me apoiei no móvel. Achei que ia ao chão, me segurei.

— E deslocou a proteção, foi ao coração do mecanismo, criado aliás por meu pai. Milan Havel não estudou em Praga somente

Artes Plásticas. Andou cursando também Arquitetura e Física. Era um grande curioso.

— Tinha muitos interesses.

— E talentos.

— Mal posso esperar o momento de ver o mural.

— Mas vai ter. Vem aí alguém. Ouça.

- 84 -

Parsons descia de um cavalo talvez mais velho do que ele.

Ensopado pela chuva, aceitou agradecido um chá quente, lançou os seixos e de súbito imergiu em pensamentos que o levavam longe dali.

— Morte — disse repentinamente. — Eu já causei a morte. Vim ao mundo quase junto com este século XX na Inglaterra. Tinha 17 anos — mentia que eram 18 — quando fui mandado para a guerra. Em abril de 1918 me perdi do meu regimento durante a última grande ofensiva dos alemães, em algum ponto de Champagne. Deparei a 30 metros de mim, numa floresta, com um alemão, um inimigo que me apontava seu fuzil. Puxei minha arma e o matei. Fui tomado de tal remorso, que jurei jamais me apartar dela. É esta, vejam. — Ele abriu o avental amassado e mostrou a Santelmo e Beatrice um antigo revólver, carregado. — Mantenho ela comigo para não esquecer a imensidão de minha cegueira. Conservo ela para lembrar que devo reverência à vida e abomino sua destruição. Guardo para recordar que ainda assim sou tão frágil e tão vil que mataria outra vez. — E então, fixando o olhar em Santelmo:

— Você também matou, não?

Ele notou que Beatrice lhe fazia um sinal de assentimento com a cabeça.

—Sim.

— Há morte demais no mundo. Depois daquela guerra veio outra, maior e mais brutal. E vieram outras e mais outras.

— Eu matei como o senhor. Para não ser morto.

— Nada absolve a morte.

— Eu estou sendo morto a cada dia.

— Ainda assim, precisa cultuar a vida.

— Por que eu fui o escolhido para morrer?

— E por que eu fui condenado a morrer cada dia a morte daquele soldado alemão? Há um outro homem como ele dentro de mim, dentro de você. O homem que matou vive em você.

— Eu só quero esquecê-lo. Já teria esquecido se eu mesmo não estivesse morrendo.

— Você não vai morrer. Morrer é não ter nascido. Porque nasceu, algo de vivo restará sempre de você, mesmo que pouco. Viva por e para esse mínimo, que é a face luminosa da morte.

Parsons pouco mais se demorou. Colocou o chapéu de abas largas e deixou o sobrado. Sua figura, contra um súbito sol que rompia as nuvens de chuva ao entardecer, lembrava uma estranha ampulheta móvel.

Santelmo voltou-se para Beatrice:

— Você falou a ele sobre Alceste?

— Um dos hobbies de Parsons, além das borboletas e das curas, é manter-se bem informado.

— Ele não fala sobre o que é informado? Não relaciona a morte de Alceste comigo?

— Não, ele não fala, é meu amigo. Um dos meus amigos excêntricos, como você já me disse. Relacionou o desaparecimento de Alceste com você, mas não através de mim.

— Você entendeu tudo aquilo de vida e de morte?

— Não muito, mas as palavras dele me tocaram de um modo suave e profundo.

— A mim ele impressionou mais quando falou, o outro dia, sobre sonhos.

- Acho que aquilo é verdade, que suas palavras são um pouco como o mural de meu pai. — E acariciando-lhe a face: — Eu hoje não conseguiria mostrar-lhe o mural de Milan Havel, e além disso já anoitece.

- 85 -

Mostrou-lhe cedo, no dia seguinte. A uma leve pressão sua numa tecla na base do aparador, a parede, na aparência compacta, girou. A princípio Santelmo distinguiu a adega que já vira, com as garrafas. Beatrice estendeu-lhe a mão, para ajudá-lo a descer as escadas, e o fez contornar as prateleiras e passar a uma espécie de anfiteatro. Havia ali lugar para umas 50 pessoas. Bem ao fundo e ao centro, situava-se o painel.

Ela acionou comutadores na parede e o foco de refletores deixou suspenso algo de sobre-humano.

A composição poderia ser chamada de antiacadêmica se não escapasse a toda definição conhecida.

Não era sequer um contraponto a movimentos contemporâneos. Havia ali um domínio absoluto da luz e da cor. Linhas e contornos que sugeriam uma reinvenção do impressionismo, dotados de uma impactante sincronia de imagem e tempo, de luz e sombra, de projeção e espaço, se apropriavam, como aprendera em mais de um ensaio, da fruição estética. Se apoderavam do olhar de quem se fixasse nas pinceladas que, contra o fundo, pareciam flutuar. Mas aquilo era muito mais impressivo do que qualquer ensaio. Santelmo se perguntou quanto haveria ali de manifestação do inconsciente.

Percebeu extasiado que era quase mágica sua sintonia, na aparência indevassável, entre exterioridade e interioridade, sugestão e realismo, concretude e idealidade. A fluidez presente em todo o conjunto, as diferentes texturas de uma superfície que singularmente se aprofundava confluíam em novas relações pictóricas. Numa intertextualidade simbólica e corpórea, aquela a que costumava se referir um de seus professores em Princeton, seres e coisas se amalgamavam em sedimentações infinitas.

Era tudo monumentalmente belo, pensava.

Mas logo lhe voltava a visão do especialista, entre o óptico e o tátil, e era com suas categorias de teórico da estética que ele relia em cada curva e tom e matiz, como em seus estudos sobre os grandes mestres, toda uma arqueologia que ganhava em densidade, sem contraste com sua anímica imobilidade. As figuras eram diáfanas, mas intransponíveis, sólidas e intraduzíveis, ora envoltórios, ora seres, aqui signos, ali contingências, de um lado tocadas de espiritualidade, no reverso, carne, esta, presença, aquela, ausência, como se fosse possível compor um coral silente e polifônico. Os conceitos de profundidade, distância, de dimensão e de vazio não eram mais do que a superfície sensível de uma atmosfera na qual luz ou cromatismo se tornavam adjetivos tão essenciais quanto irreais, lembrando assim, tão de longe, o que dizia seu orientador em Paris.

— Nunca vi nada mais soberbamente lindo — murmurou para Beatrice.

— Notou que não é uma criação completa, mas uma reinterpretação?

- 86 -

Ele amparou-se a uma das colunas que sustentavam todo o ambiente.

— Você está enganada. Não é uma reinterpretação, nem uma releitura. É claro que a gente se inclina a rememorar *Le Déjeuner sur l'Herbe*, de Manet, que se inspirou em sua composição um pouco ou muito em Rafael, Giorgione, Ticiano e em outros. Em Manet há no centro os dois homens bem vestidos e a composição inclui em primeiro plano uma mulher nua e outra, ao fundo, que se banha. É um piquenique em meio a um bosque, no que seria uma metáfora dos prazeres da vida burguesa. Já Milan Havel refundou um universo e teceu uma blasfêmia. Aqui o centro é Cristo, que conversa com Judas Iscariotes, tendo ao seu lado a nudez de Madalena e mais ao fundo talvez Dalilia, que também não se importa muito com a roupa. Não é um quarteto, é um ultraje. Algumas das árvores de Manet deram espaço aqui a um horizonte mais amplo, banhado de luz. É nele, mais ao fundo, em tamanho bem menor, que estão novas personagens. Se minha deslembrança ainda as identifica, veem-se, renascidas de gravuras pra lá de arcaicas, a mulher de Lot, Salomé, Safira, dispostas lasciva, eroticamente. Lá no extremo, em um plano ainda menor, não estarão Ananias, Simão Mago, Saulo, Scevo, Ário, Nestório, Éutiques, Demétrio, o ourives de Éfeso — enfim, uma galeria de hereges?

— Uma ofensa e tanto à Santa Madre, a suas glórias e seus dogmas, não é? De onde você conhece tantos ímpios, como diria o vigário?

— De um curso de verão ainda nos Estados Unidos, ministrado por um ex-padre católico. Sempre fui um interessado por tudo que se entende por arte e cultura. O que temos diante de nós é muito mais que uma ofensa à Igreja. Este painel é uma apóstrofe, é um completo escárnio à fé — veja bem o sorriso de Jesus, ou o modo sensual como Madalena se achega a ele. O que o torna único porém é a sua arte e o seu virtuosismo. Sabia que seu pai era um grande entre os grandes?

— E você sabe agora por que sequer deixei que um Nathan se aproximasse deste trabalho, ou por que proibirei quem quer que seja de se aproximar dele, mesmo vestido com as púrpuras do Vaticano?

— Sei. Nathan tentaria por todas as formas obter dinheiro, muitíssimo dinheiro, disto que está diante de nós, mesmo sendo o que é: uma obra-prima sem preço e inimitável. O cardeal ou tentaria destruí-la ou procuraria por todos os modos encerrá-la nos subterrâneos do Vaticano.

— Mas há duas coisas que você desconhece, Santelmo. A primeira é o nome que meu pai lhe deu: *Não vim pelos justos, mas pelos pecadores.*

— Perfeito. Jesus confraterniza aí com figuras que a Igreja abomina. E a outra?

— Uma técnica. Quando Milan Havel pintou estas personagens, não havia, vistas do ângulo em que estamos, mulheres tão nuas ou a face bem-humorada de Cristo. Ele as concebeu em sedimentos, como se cada camada de sentido latente aflorasse na própria textura, até despir-se de seus tabus e preconceitos. Por uma técnica guardada a sete chaves — a mesma que meu avô identificou na Gioconda — o reflexo da tinta anterior aflora de algum modo inexplicado à superfície. Esse devir como que espelha uma transfiguração do ser, da qualidade intrínseca de cada traço. Estou repetindo a você anotações que meu pai deixou sobre isso, anotações que gravei bem, e que, é claro, vou lhe mostrar. Nessas notas, ele relacionava todo o processo com algo chamado pentimento. Já lhe falei, quando comentamos as pinturas nas casas dos colonos. Na primeira versão, esta obra poderia ser apresentada ao Bispo de Roma. Se a visse na segunda, sofreria um chilique.

— Nada mais exato.

— Entende por que devo manter este mural oculto de mentes sacras e profanas?

— Eu entendo. Eu estarei ao seu lado, já lhe garanti. Só não entendo algo, digamos, semântico.

— O que seria?

— Por que num instante você fala em mural, depois em painel? — E no segundo mesmo em que perguntava, lhe vinha à mente Parmênides, para quem não há duas pessoas que, empregando idêntica palavra, tenham dela idêntica noção.

— Porque esse prodígio de beleza e de gênio é isso. Examine bem as bordas. Nada foi pintado sobre uma parede, ou uma superfície lisa e fixa que integre o ambiente. É uma imensa laje selada de concreto, presa nos quatro lados por barras de aço como bastidores.

— Isso significa...

— ... que a laje pode ser removida. Que esta obra-prima pode ser levada daqui. Examine mais de perto os frisos ao redor.

Santelmo aproximou-se e se deu conta de que uma exígua fenda separava o mural das paredes que o cercavam. O painel não aderia a elas.

— Por que Martim e especialmente seu pai escolheram esse processo?

— Porque as rochas ao fundo são por vezes úmidas.

— Mas isso torna o mural, o painel, ou como você o chame, mais vulnerável.

— A gente como o falecido Nathan.

— A gente como esse Cardeal Cedro. Nathan extrairia a pintura e a venderia a algum bilionário, ou a algum museu sustentado por bilionários. O cardeal ou a destruiria ou daria jeito de levá-la daqui direto para Roma.

Santelmo voltou a aproximar-se da tela para deduzir os pontos exatos em que a sustinham as barras de aço, mas deteve-se no caminho.

A composição lhe pareceu tão absolutamente viva e perfeita que ele se perguntou se não seria realmente a invenção da eternidade.

- 87 -

Acomodou-se então num ponto elevado do anfiteatro, maravilhado com a força que emanava da tela. A sensação era a de que lhe transmitia um estado fluente, à maneira de Heráclito. "Todas as coisas procedem de uma, e essa uma está em todas as coisas" — recordou. O filósofo de Éfeso o arrastou a Górgias: "Nada existe, e se algo existe é incognoscível; e se esse algo existisse e pudesse ser conhecido por um homem, este jamais poderia comunicá-lo". Milan Havel alcançara dar a conhecer o incomunicável.

— Por onde andam teus pensamentos? — era Beatrice.

— De momento na cabeça de um professor de teoria estética. Percebe o que esta obra participa?

— Beleza.

— Isso e torrentes de linhas conceituais. Vê o tema? Propaga uma verdade: a arte, como a história, não é inseparável do mito. A arte é o mito e o mito é a arte e ambos compõem uma verdade diversa e única, até aqui irrevelada. Olhe aquele azul tão denso, que só poderia estar ali, e não em outro lugar. Nele a imagem é a sua própria semelhança e a própria negação, como diriam alguns especialistas franceses. Eles diriam também, no seu linguajar, que teu pai pôs a arte do avesso: elementos formais abstratos não geram um cosmos formal, mas uma abstração intuitiva de informalidade, uma informalidade de novo corpórea. Há santos e hereges aí, só que num plano de anulação de sua substância. Cada fragmento é um todo, e o todo se fragmenta para reconstituir-se.

— Pode pronunciar essas frases em linguagem de gente?

— Beatrice, nada mais simples. O que temos diante de nós é estupendo, é portentoso, na precisa medida da genialidade, se é possível mensurar a genialidade. Qualquer ser humano, contemplando esses traços, que não se contêm em traços, porque nada os contêm, se sentirá perpassado de uma centelha de plenitude, de mistério e de perenidade.

— Tudo isso?

— Te recordas de Vieira? Ele escreveu que um estilo pode ser muito claro e muito alto; tão claro que o entendam os que não sabem, e tão alto que tenham muito que entender nele os que sabem. Nestas cores, ainda que mutantes, se penetra o impenetrável. Compreende agora?

A resposta de Beatrice foi entregar-lhe os lábios.

- 88 -

Mas então foi se fechando pouco a pouco um cerco. O prefeito de Cerro Azul enviou a Beatrice um floreado ofício, "rogando em nome de nosso valoroso município, de que Triana é uma das mais operosas colmeias, que Sua Eminência o Cardeal Cedro seja acolhido condignamente na Quinta do Torreão, sabidamente um dos mais importantes sítios arqueológicos do Sul do país". E por aí desandava, lembrando que uma palavra do cardeal às autoridades de Brasília contribuiria para assegurar os recursos necessários a estudos sistemáticos do local por equipes de professores universitários, que talvez fosse até mesmo possível retomar a fisionomia original de uma Redução, recolher precioso material histórico e pré-histórico, converter o município em um polo turístico, engrandecer ainda mais o Rio Grande do Sul e o Brasil.

— Vê só o que quer esse idiota? Que entregue de mão beijada o que é meu, que isto aqui se transforme num circo — e o pior: que se o mural for descoberto seja transposto para Cerro Azul, se não para Porto Alegre, Brasília. Leia bem as últimas linhas. Aliás, em todo esse palavrório só há uma passagem reconhecendo que eu sou a dona do torreão.

— Qual?

— A que garante que "naturalmente Vossa Senhoria receberá a justa indenisação". Meu Deus, eu vou ser premiada com uma *indeniSação*! O que será? Lentejoulas e espelhos? Permissão para explorar um trailer de cachorro-quente? E o painel? Gente absolutamente sem noção o arrancará com marteladas?

— Beatrice, embora elas venham sendo pisoteadas há 20 anos, ainda há leis neste país.

— As mesmas que permitiram que você fosse despojado de seu cargo de professor? As que fecharam os olhos quando um celerado veio em seu encalço para liquidá-lo?

— A situação é diferente.

— Em quê? Não bastará uma penada de um tecnocrata para que me arrebatem o torreão, me despojem da quinta, violentem uma obra de arte inimitável?

Ele a estreitou em seus braços, sem saber o que lhe dizer, pois no fundo sabia que tinha razão.

- 89 -

Um segundo aviso lhes chegou pelo provedor da Irmandade dos Servos Descalços da Madona de Tréveris, o Conde Junqueira, um homem vermelho, que não era conde nem Junqueira. O oficial de registro que atestara seu desembarque no mundo achou muito complicado seu sobrenome de origem vienense e lhe deu uma versão lusa. O sujeito não teve como evitar a troca, mas presenteou-se com um título de nobreza que dificilmente encontraria confirmação nos anais da aristocracia. A instituição que dirigia era igualmente insólita. Se alguma vez seus membros andaram descalços, o primeiro inverno com neve que enfrentaram em Triana tornou o adjetivo meramente simbólico. Era uma entidade lúgubre e pomposa. Cabia-lhe tanto administrar o cemitério quanto envergar opas negras e douradas nas cerimônias da Semana Santa. Foi no entanto em uma terceira função que o Conde pediu uma entrevista a Beatrice: a de puxa-saco do novo vigário.

Com seus modos pretensamente fidalgos foi vê-la na biblioteca e, sem mais, afirmou sério:

— Foi uma grande tragédia.

E antes que ela lhe perguntasse de que diabos estava falando, engrenou uma marcha a ré de exatos 230 anos.

— Aconteceu em 1754, como sabe. Aliados de conveniência, portugueses e espanhóis dizimaram a Redução de São Denis. Mas é claro que não desconhece a saga das Missões.

Rememorou então com sua fala arrevesada a ousadia da proposta teocrática, social e econômica da civilização dos jesuítas no Cone Sul e em especial no Rio Grande, sem esquecer de mencionar que alguns de seus núcleos superavam em população e brilho cidades coloniais, e que, sob orientação dos padres, os índios guaranis produziram portentos artísticos, arquitetônicos e científicos.

— Bem aqui em Triana, como em São Miguel, prosperaram a agricultura e a pecuária, a fundição de ferro, as explorações botânicas, os estudos astronômicos.

— Não bote Triana no meio, Junqueira — tentou interrompê-lo Beatrice, contrariada por aquela discurseira.

Ele nem pareceu ouvi-la

Observou que a Igreja de São Denis devia assemelhar-se em imponência às melhores obras de Primoli, que os guaranis eram músicos, cantores, escultores, impressores, sineiros, pintores, dançarinos, e não lhes faltavam noções de ecologia e de saúde pública. Seu barroco fazia sombra ao europeu e não se privavam sequer de riquíssimas bibliotecas. O povo erguido onde ficava a Quinta do Torreão era um modelo de harmonia comunal, sua praça e seu cabildo rivalizavam com os de Candelária, no Paraguai, e a experiência de solidarismo, pelo qual todos produziam para todos e lhes sobravam bens de exportação, era a própria expressão da república numa época de absolutismo.

— Junqueira, não ignoro nada sobre as Missões desde meus tempos de ginásio, e falo é claro das que havia no noroeste do

Rio Grande — cortou-o de novo Beatrice. — Não há parentesco delas com a que você está afirmando sem base ter existido na Quinta do Torreão. Pode me dizer o que quer com essa sua mal decorada lição de aula?

Ele sorriu:

— Apenas recordar-lhe, minha cara, que a Quinta do Torreão não se resume a uma granja semiabandonada. Deita alicerces em um tesouro cultural incalculável: a Missão de São Denis, talvez uma homenagem a São Denis, o que perdeu a cabeça.

— Quem vai perder a cabeça daqui a pouco sou eu. Quem lhe mandou vir me dizer tudo isso? Esse padreco que, como você, nem pronunciar direito a língua portuguesa consegue?

— Tenho orgulho de meu sangue de filho de imigrantes.

— E vergonha na cara, você não tem?

— Como assim?

— Qualquer imbecil perceberia que você veio aqui me trazer um recado.

— Não atino com o que está dizendo.

— Acha que sou idiota? Por que você viria ensaiar um sermão tolo, me roubar tempo precioso, a não ser por ordem desse cura tão reacionário que o desterraram neste vilarejo?

— Nosso pároco é um homem respeitado e admirado.

— Só se for por gentalha da sua espécie.

Junqueira tornou-se ainda mais vermelho.

— Estou lhe falando com educação.

— E eu estou me esforçando para não corrê-lo a laço daqui. Me faça um favor: desapareça. Vá se esconder embaixo da batina do senhor vigário, como é uso dos carolas.

E abriu a porta da biblioteca, apontando-lhe a rua.

- 90 -

Santelmo ouviu a descrição da cena com a cabeça a quilômetros de distância.

Tinha passado o dia imerso na perfeição de formas do mural e na poderosa mensagem de desprezo do Cristo sorridente às pequenezas do mundo e em particular a uma Igreja carcomida pelos próprios preconceitos. Estava siderado por aquele sopro de desafio e de audácia. Procurou no entanto mostrar-se atencioso com Beatrice.

— É evidente que o tal Becchi lhe mandou um tipo de advertência por esse cara. Quis lhe dizer que valoriza a importância das ruínas deste lugar. Quis lhe participar que vai deixar marcada sua passagem por Triana. Quer revelar ao país que há aqui monumentos esquecidos, vai gritar aos quatro ventos que é urgente resgatá-los. E vai começar trazendo a este povoado ninguém menos do que um cardeal.

— O que ele ignora é que o jogo de esconde-esconde é mais complexo.

— Sim. Há o torreão, há esses blocos de pedra, esses despojos de tempos talvez muito antigos. Seu valor é relativo, tão devastados estão, mas ainda assim são capazes de despertar uma boa dose de interesse. E há o mural. Sabe que não consegui me afastar de sua contemplação por horas?

— Acha que é tão atraente assim?

— Atraente é uma palavra pobre diante do que você tem aqui, diante do que o gênio de seu pai concebeu. É algo de magnífico, de perene. Já se fixou no sorriso daquele Cristo? Já tinha visto um Cristo sorrindo?

— Ele era humano. Deve ter dado boas risadas, ao menos depois de todo aquele vinho nas Bodas de Canaã.

— Mas a hagiografia, pelo que eu sei, não o reproduz ou cita sorrindo. E nenhum pintor sonhou em dotar esse sorriso de tamanha segurança e sobranceria. De tão clara alegria. Aquela tela é um insulto a milênios de establishment cristão.

— Establishment cristão? Você continua falando difícil, Doutor Santelmo Cimbres.

— De momento sou mais um sujeito faminto. De um bom jantar e de sonhar em seus braços.

- 91-

Em realidade, embora houvesse tido Beatrice aquela noite, seus pensamentos andavam um tanto longínquos e inquietos.

Não lhe agradava a perspectiva de uma longa contenda com um padre, um cardeal, gente do governo. Perturbava-o a ansiedade com que acompanharia uma possível inspeção da granja por especialistas, temendo a cada instante que descobrissem o mural, que encontrassem meios de arrancá-lo do anfiteatro, que encontrassem a ele, um fugitivo da Justiça. Receava as escavações, as pesquisas. Horrorizava-o a simples possibilidade de que a obra fosse atingida por picaretas, arrasada por bulldozers. E lhe doía desde já a angústia de Beatrice, subitamente tão desamparada, enfrentando uma guerra contra todo gênero de Excelências, em que ela seria por antecipação a derrotada.

Prostrava-o mais do que tudo a consciência de sua própria debilidade. Era um homem doente. Além disso, a visão do mural ora o arrebatava, ora o abatia. Admirava aquela composição de uma beleza e de um impacto avassaladores. Mas seu êxtase era também o espelho de sua falência como artista e como ser humano.

Jamais criaria algo de longinquamente próximo. Sua arte não tinha partícula alguma de gênio. Era um homem perseguido e homiziado. Não faria falta nenhuma em Triana, em Porto Alegre, muitíssimo menos em Princeton, em Paris, se seu fim chegasse como vinha se anunciando. Beatrice choraria por ele? Seria enterrado em um lugar ermo ali mesmo na quinta, sem nome, sem ao menos as suas iniciais e duas datas? Sua passagem pelo mundo estaria condenada, por um tribunal que não conhecia e que não admitia recursos, ao mais completo esquecimento?

Que memória restaria de sua memória? Que encantamento restaria de toda a beleza que uma vez tinha desejado criar? Dizia a si mesmo que havia beleza em seu amor por Beatrice, mas ao mesmo tempo se perguntava se aquilo seria mesmo amor. Esse quase amor tardio viveria nela quando partisse para o nada? Estava condenado desde sempre a ser uma nota de rodapé de algum livro sobre teoria estética, de algum outro que falasse sobre a terrível repressão da mais longa das ditaduras que se abatera sobre o Brasil?

Tornou a recordar Lamartine, não só o de *Le Lac*, mas o de *Le Poète Mourant: La coupe de mes jours s'est brisée encore pleine*, A taça de meus dias se quebrou ainda cheia. E mais adiante, traduzindo o que sua lembrança alcançava: A lâmpada que se apaga de repente volta à vida? Quantas vezes minha alma já existiu, antes de minha morte anunciada?

Lamartine, o primeiro poeta do romantismo na França, o atraía menos pela biografia de final triste — sua própria já lhe bastava — e mais pela temática, a começar pela fuga do tempo: *L'homme n'a point de port, le temps n'a point de rive; il coule et nous passons.*

Santelmo devaneou com outros autores e rumos, a começar por Pessoa: A lembrança de que vou morrer, essa que me acorda de manhã, me visita em minhas insônias, será a lembrança de que morri? Minha morte será tecida do esquecimento dos outros? Saltarei ao nada que já fui antes de nascer? Um dia me perguntarei: E o tempo? E me responderei: Ele não é mais? Poderei dizer, de novo traduzindo à minha maneira Lamartine, que eu pintava como um homem respira, como a água que murmura enquanto flui?

Ouviu o ressonar tranquilo de Beatrice. Ela o amava? Calavam sobre sentimentos e ele não escutava dela palavras doces senão as que lhe ciciava nos momentos do delírio.

Beatrice era linda, dormindo.

Ele acabou adormecendo também, mas apenas para que lhe volvesse a imagem tragicamente onírica de Lisandra, a dos olhos garços, a que quisera tanto.

Lisandra mostrava a seus amigos paulistas e estrangeiros, na recepção do banqueiro, pouco antes de pairar no espaço e escapar da vida, as telas que ele levara consigo.

— Não são um primor de breguice? – sorria. - Por que você é tão óbvio, Santelmo Cimbres? Um aprendiz pinta melhor do que você!

E pouco depois Lisandra subiu, rindo, no alto da amurada do terraço, e Lisandra parecia divertir-se muito, e da primeira vez conseguiram segurar Lisandra, mas na segunda ela dançou um balé agônico por 20 andares e se desvaneceu na rua, quem sabe no preciso instante em que colidiam dois trens, lá no passado.

- 92 -

— Você teve novamente um sono agitado. Você chamou por Lisandra.

— Sonhei com ela esta noite, mas sonhei também com o painel. Não sei se sonhei ou se estava meio desperto. Tudo o que recordo é de uma pergunta.

— Qual?

— É forte?

— O quê?

— A placa de concreto.

— A do mural? Garanto que é forte.

— É dura, é consistente?

— Santelmo: é uma laje sólida.

— É indestrutível?

— Nem Deus é indestrutível. Mas ela foi selada com algo que só o dinheiro de Martim era capaz de comprar: titânio. Por que a sua curiosidade?

— Porque Sua Eminência provavelmente vai botar abaixo o torreão à cata de vestígios da tal Redução de São Denis. Por que muito provavelmente retroescavadeiras transformarão os porões num queijo suíço. Porque não sobrará pedra sobre pedra.

— Ainda que usem um rolo compressor gigantesco, o mural resistirá. Ainda que empreguem sondas imensas, não será destruído. Ainda que revolvam céus e terras, o bloco ficará incólume. É esse o grande perigo.

— Como, perigo?

— Se a placa se conservar intacta, como penso, não será impossível que rompam as barras de aço que a sustêm. Eles levarão a obra-prima de Milan Havel e esquecerão dos jesuítas, dos índios e de seus vestígios. Terão feito um achado espetacular. Esse Monsenhor Cedro é de um tradicionalismo feroz. Dará sumiço ao painel. Só que não é um mentecapto. Os tesouros do Vaticano receberão um acréscimo à altura dos de seus mestres. Mas jamais olhos profanos verão o sorriso de Jesus.

— A tela será ocultada?

— Pior: será sonegada à arte e à civilização.

— Perdoe-me: mas não é precisamente como está agora?

— Você é ingênuo, Santelmo, já lhe disse cem vezes.

— Tem planos para ela?

— Espero viver até 60 ou 80 anos. Espero viver até um tempo em que um prodígio como o que se chama *Não vim pelos justos, mas pelos pecadores* possa ser mostrado a justos e pecadores. E não em Porto Alegre, em Brasília, nos subterrâneos da Basílica de São Pedro.

— Onde?

— Aqui em Triana. Aqui na Quinta do Torreão.

- 93 -

Ambos não demoraram a perceber que Triana era um nome que começava a pedir passagem pelos meandros da burocracia. Em um dia de dezembro, Beatrice recebeu um ofício de um representante do Depena em Porto Alegre, solicitando permissão para que a Quinta do Torreão fosse visitada por uma equipe de técnicos.

Ela se tocou para Cerro Azul atrás de certo artigo de todo inexistente no distrito: um advogado.

Na cidade não havia nenhum deles especializado em patrimônio histórico. Ela acabou consultando um que lhe foi descrito como o mais atilado. Esse dr. Herculano Tales, que, feito todos os demais num raio de cem quilômetros, nunca tratara de qualquer causa longinquamente similar, revelou pelo menos bom senso. Aconselhou-a não só a aceitar a bisbilhotice de funcionários do governo, como redigiu uma resposta sóbria ao ofício do Depena, pela qual Beatrice se comprometia a recebê-los, mas advertia que seu gesto não implicava reconhecimento de que o sítio tivesse valor arqueológico, etnográfico, bibliográfico ou artístico.

O homem lidava bem com a inculta e bela, e Beatrice achou seus termos razoáveis. O que não esperava era ver sua granja inspecionada um dia inteiro por uma dúzia de rapazes de Brasília menos de uma semana depois. Eram uns tipos educados, mas pouco falantes. Não pareceram muito impressionados com o que viram, nem se queixaram da marcação cerrada de Beatrice e de Rover, que não os largaram um segundo, em especial quando se enfiaram no torreão. Como ela esperava, não deram importância ao armário e ao tapete que vedavam o acesso ao esconderijo de Santelmo, nem fizeram perguntas sobre a possível existência de níveis inferiores. Bateram dezenas de fotos, encheram blocos com notas minuciosas e se despediram quase cordiais.

Foi uma operação com fim ilusivo, pois já na tarde seguinte aterrissava na quinta um comunicado de tombamento da propriedade inteira. Tornou-se claro que alguém muito bem situado planejara tudo com antecedência. Mais: embrulhara no mesmo pacote o que pernosticamente vinha descrito como "testemunhos da cultura dos paleoameríndios do Brasil" e "jazigos aterrados e estearias". Com um canetaço, a Quinta do Torreão era engolida pelo patrimônio público, com base em um direito imanente ao Estado, segundo as linhas tortas de uma legislação para lá de empoeirada. Na verdade, segundo o dr. Herculano, novamente consultado, aquilo equivalia a uma desapropriação. Num dia Beatrice Havel era dona de suas terras; no outro, elas pertenciam de fato à União. Um golpe desse porte e desfaçatez só seria possível sob um regime de arbítrio, como o reinante no Brasil. Mesmo às vésperas de ser varrido da História, e em definitivo, como Beatrice e Santelmo esperavam, o autoritarismo ainda tinha garras afiadas e devotos fiéis na Esplanada dos Ministérios.

O advogado explicou a uma atônita Beatrice que os prazos de recurso eram brevíssimos, mas mesmo que fossem quilométricos era evidente que havia influências de grosso calibre agindo em

Brasília. Ainda que uma decisão final do processo pudesse levar seis meses, pois dependia dos humores de um conselho consultivo plantado a milhares de quilômetros, nos gabinetes acarpetados da capital do país, o tombamento era, desde a hora zero, um ato de força, já que qualquer resistência o tornava compulsório.

Herculano no entanto era um homem teimoso. Pôs-se a estudar mais a fundo a questão e não tardou a encontrar, nas normas que consagravam o esbulho, dispositivos que colidiam de frente com a Constituição. Garantiu que iria, se preciso, aos tribunais superiores para impugnar o tombamento e não deixou de observar, irônico, que a lei original, que datava da ditadura de Vargas, abalroava a ordem unida de uma segunda ditadura, a da afamada Redentora.

- 94 -

Santelmo manteve-se distante do bate-boca jurídico, mas logo surpreendeu-se em meio ao fogo cruzado de outra disputa. Como Brasília invocara não somente a lei de proteção do patrimônio, mas também a que tratava dos monumentos pré-históricos, a Quinta do Torreão se convertera na prática em terra de ninguém, já que enfiada goela abaixo no enorme estômago de um ente abstrato: o poder público.

Por mais que Beatrice protestasse e o dr. Herculano atrolhasse a Justiça de petições contestatórias, a quinta virou uma espécie de terra devoluta. A posse era nominalmente de Beatrice, mas isso não representava o menor impedimento para que a granja principiasse a ser varejada por dezenas de técnicos de Porto Alegre e até por empregados de muito menor nível da subprefeitura. Uma segunda leva de intrusos não tardou a surgir. Eram especialistas vindos de São Paulo, que passaram a investigar a possível existência de poços sepulcrais, inscrições rupestres e muito particularmente a examinar as pedras dos alicerces do torreão e das proximidades. Avançavam escavações em busca de utensílios guaranis, buscavam-se cerâmicas, grutas, lapas.

Santelmo refugiara-se no sótão do sobrado, acompanhado por uma sensação de impotência. Só encontrou um modo de ajudar Beatrice: convenceu-a a ir trocando em Cerro Azul os dólares enviados por Lorena Sintra, para custear assim os processos e pagar o advogado. Ela aceitou, mas prometeu que lhe restituiria cada centavo, pois não esquecera de que ele precisava antes de tudo entregar-se às mãos do melhor cirurgião que algum dia pudesse encontrar.

Suas noites agora se povoavam de apreensões. Havia sempre o temor de que alguma daquelas senhorias enxeridas requisitasse o sobrado. Santelmo e Beatrice procuravam se abrigar desses receios dando-se um ao outro com uma sensualidade que era igualmente a anestesia de sua ansiedade.

Juntos reinventavam posições há milênios ideadas, mas entre ambos absolutamente novas, como a maneira com que ela, recostada na cama, dividia as pernas perfeitas sobre a altura dos ombros dele, que ajoelhado, a penetrava num jogo de prazer que os exauria e deliciava. Agradava-a também ser devassada por um jeito que, inaugurando-se suavemente convencional, culminava com sua forma de aprisionar os quadris do amante, num ritual que prolongava o gozo. Era com um deleite indescritível que ela o cavalgava, trespassada de luxúria. E nenhuma posse mais os aprazia do que o infinito abraço de seus corpos entrelaçados frente a frente, seio e peito, boca a boca, fruição e enlevo, até que se esbatessem, numa confluência de oceanos.

Mas sobrevinha a antemanhã, logo Rover latia à chegada de novos grupos de estranhos e seu único bálsamo era adormecer por meia hora na cama do sótão, saciados e indivisos.

- 95 -

Tiveram um Natal triste, pois a única música de fundo foi a chegada à quinta de retroescavadeiras, tombadeiras, bate-estacas e até um caminhão fora-de-estrada.

— Veja só o poder de fogo deles. Vão arrasar o torreão — horrorizou-se Beatrice.

Aquela divisão blindada teve de início no entanto alvo menos dramático: aplainar larga parte da área fronteira ao torreão, desde o ponto em que os visitantes indesejados calculavam erguer-se, séculos antes, a fachada da igreja, a residência dos padres e o cemitério vizinho de uma redução. O objetivo era demarcar a possível posição da praça, do cotiguaçu, onde teriam vivido as viúvas, as mulheres sós e os órfãos dos guaranis, a do cabildo e a das casas dos índios.

Um universo sepulto vinha à tona, em meio ao ruído das máquinas que removiam árvores, tocos, pedras, entulhos, a vegetação rasteira, numa rapidez que revoltou os arqueólogos que alegadamente supervisionariam as explorações. Tanto barulho, mais os trabalhos de divisão da área em quadriláteros, terminou por atrair jornais e estações de TV de Porto Alegre. O mais falante era sempre o vigário, que mostrava agora uma carta que trazia oculta na manga. O Instituto da Propagação da Fé destinaria um auxílio substancial, embora não quantificado, às pesquisas na já publicamente denominada Missão de São Denis. Essa informação era sempre seguida de outra: quem obtivera o apoio fora o Cardeal Giovanni Cedro, que tinha engajado o próprio Vaticano no esforço para revelar ao mundo todo um tesouro pio, histórico e arqueológico.

Sua Eminência foi enaltecido na imprensa da capital e o clima geral era de aplauso e de estímulo ao resgate da redução. De estudiosos a gente do povo acompanhavam o desenrolar das obras, um representante da Unesco prometeu que o organismo também apoiaria as pesquisas, mas a todas essas ninguém se lembrou de entrevistar Beatrice, a não ser com duas ou três perguntas deslocadas e respostas mal reproduzidas.

Seu estado de espírito era de angústia. Aquela mulher que Santelmo conhecera altiva, capaz de enfrentar padres e jornalistas, mostrava-se abatida e tristonha.

— Eles vão descobrir — admitiu uma noite.

— O mural? Só quando começarem a mexer no torreão.

— Nada os impede de começarem amanhã mesmo.

— Por que amanhã?

— Porque soube por Natalício que o cardeal, que desde ontem está em Triana, pretende inspecionar em pessoa os seus domínios. Aliás, pode não ser a única presença importante no Estado. Soube também notícias do Planalto: nos jornais que chegaram ontem há a revelação de um cronista político: em caso de golpe, Tancredo já tem um plano de fuga alinhavado. Viria para Porto Alegre.

— Teríamos uma nova Campanha da Legalidade? Com Tancredo, com Ulysses, com Brizola?

— A notícia não chega a dizer isso, mas quem sabe?

- 96 -

Cedro surgiu na manhã seguinte. Só faltaram trombetas para anunciá-lo. Repórteres da região e de Porto Alegre registraram sua presença na quinta, e a imagem de tão notório príncipe da Igreja, filmado na direção de uma moto-niveladora, mereceu 15 segundos de fama no Jornal Nacional. Sua Eminência aproveitou para revelar, *urbi et orbi*, que no domingo seguinte percorreria cada lance do torreão, antes que se iniciasse a demolição da estrutura e de todos os demais acréscimos que desfiguravam a antiga missão.

— Não há nada que possamos fazer — comentou Santelmo.

— Há — respondeu Beatrice.

— Mandarmos um telex ao Papa?

— Santelmo, não estou brincando. — E andando nervosa sob as vigas do sótão: — Eu lhe confiei o que era o meu maior segredo.

— E eu sou grato por isso.

— O mural não é o único.

— Que outro mistério você esconde?

— Meu pai, como lhe disse, estudou, além de Belas Artes, também Física e Arquitetura. Conversava infindamente com meu avô Jan sobre Da Vinci, não só a respeito do artista, mas do gênio das ciências exatas. Leonardo, você está cansado de saber, era muito mais do que o autor de obras como a Mona Lisa. Sua curiosidade o levou a investigações em campos como a anatomia, a geologia, a hidráulica, os engenhos bélicos, as fortificações, a matemática, a perspectiva, a óptica, o escambau. Milan Havel havia conquistado a admiração de Martim, que o fazia falar por horas tanto do famoso sequestro da Mona Lisa, quanto sobre os pendores de Da Vinci para as ciências exatas. Foi por isso que não se limitou a encomendar a meu pai o mural ou a encarregá-lo das reformas dos subsolos do torreão. Pediu-lhe outro obséquio.

— De que tipo?

— Há um estudo curioso de Leonardo sobre campos gravitacionais. É algo a que ninguém atribuiu muita importância. Pra resumo da ópera, Da Vinci sustentava que mesmo o objeto mais disforme e complexo sustém-se sobre um ponto de equilíbrio, que pode ser calculado e depois fixado. É como seu pé de apoio, seu arrimo. Martim interessou-se imediatamente pelo tema. Foi além. Desafiou meu pai a provar a tese de Leonardo, ainda que precisasse de alguma ajuda pouco ortodoxa. Queria estabelecer o âmago, o ponto de repouso do segundo porão, o do mural, e a maneira de preservá-lo, caso atingido por um desmoronamento.

— E seu pai conseguiu?

— Fico espantada até hoje ao pensar como pôde dividir-se entre uma obra-prima da pintura, a nova cara dos dois subsolos e um sistema de fios, cabos e roldanas, que uma vez acionado implodisse o anfiteatro onde está o painel. Ele conseguiu, obviamente que com auxílio dos trabalhadores bem pagos e discretos que Martim tinha contratado.

— Eles chegaram a ver aquela obra maravilhosa?

— Aí é que entrou a ajuda pouco ortodoxa: também foram pagos como reis por seu silêncio. Creio que nem compreendiam toda a beleza da obra de Milan Havel. Você acompanharia esta dama a uma perigosa incursão, durante a madrugada, apenas para ver o portento?

— Com o maior prazer, Senhora Minha. Mas com uma última pergunta. Por que Martim supôs que algum dia o mural estaria ameaçado?

— Por experiência própria. Ele sabia que todo tipo de opressão é por natureza destruidor. Tinha experimentado isso em Portugal, onde fora obrigado a abandonar toda uma rica coleção de arte.

- 97 -

O único zelador das obras dormia, mamado de cachaça e na pacífica companhia de Rover, que vinha demonstrando naqueles dias não ter maior inclinação para o ofício de cão de guarda. Conduzido por Beatrice, Santelmo foi apresentado, num terceiro porão, situado em nível inferior ao do mural e só alcançável por uma escada retrátil bem oculta, ao que na aparência não passava de uma espécie de antigo gerador.

— Vê aquele círculo com letras e números? — mostrou ela, com o facho da lanterna.

— É o que dá a partida nessa engenhoca?

— Vou um pouco além. Se você usar uma combinação, que funciona como a de um cofre, porá no batente um motor, uma sucessão de êmbolos, cavilhas, hastes, pinos, correias, canos, que literalmente vão puxar o tapete do anfiteatro aí em cima.

— Como assim?

— Ele ficará em falso, sem apoio, e desabará, exatamente como Da Vinci descreveu em seu estudo sobre campos gravitacionais. Neste lugar e lá por cima sobrará um amontoado de pedras e objetos da altura de uma pirâmide de uns 15 metros. Toda a estrutura mais ao alto também vai desabar.

— Mas o que move a máquina do seu pai?

— H2O. Energia hidráulica captada por uma série de dutos desde o Rio Fusco.

— E você está disposta a liberá-la, a pôr em marcha essa impossibilidade mecânica?

— Meu pai provou a Martim, na ponta do lápis, que seu invento é infalível.

— No campo teórico, você quer dizer.

— Demonstrou, com o auxílio de maquetes, que na prática também. Se começarem realmente a demolir este prédio e o mural correr o perigo de ser descoberto, eu vou implodir antes tudo o que puder.

— Mas você estará tornando vulnerável o painel.

— O painel aguentaria um meteoro, sem romper-se.

— Pelo que falou seu advogado, bens tombados não podem ser demolidos ou mutilados.

— Aquele dr. Herculano fala demais. O que tem realmente valor aqui permanecerá incólume.

— O mural?

— O mural. O resto que se exploda. Não é isso o que já estão fazendo com toda a parte fronteira do torreão?

— Estão tentando retraçar uma redução.

— E movendo céus e terras, decepando árvores, arrancando rochas, fincando estacas, escavando uma enormidade de chão. Nós apenas completaremos o trabalho.

— Nós?

— Nós. Trate de decorar combinação que vou lhe ditar.

— De novo: estaremos sepultando o painel.

— Por um tempo, Santelmo. Até que as pessoas compreendam que um grande artista viveu em Triana e precisa ser redescoberto. E num museu bem aqui.

- 98 -

Tancredo Neves foi eleito presidente do Brasil, o primeiro civil em quase 21 anos, em 15 de janeiro de 1985. Era um dia escaldante, o que não impediu que Parsons surgisse com o sol a pino. Beatrice indicou-lhe o acesso ao sótão. Mas dessa vez ele não falou dos mistérios da vida e da morte.

— Nem assim o perigo terminou neste país que adotei como meu e que parece não ter jeito - disse.

— Como foi? — estranhou Santelmo.

— Sua amiga Lorena Sintra pede que lhe avise que, mesmo com o regime aplastado por uma derrota no Congresso, há figuras da linha dura que ainda pensam numa quartelada. Há rumores sobre a saúde de Tancredo. Sua esposa, Dona Risoleta, deixou escapar que ele não vem se sentindo bem após a noite do réveillon. Fontes a que Lorena teve acesso por meio de seus contatos no Centro do país acrescentaram que ele tenta esconder algum mal, que ninguém sabe ao certo qual é. Tancredo mantém silêncio a respeito. A crença dele é de que deve apresentar-se o mais são que puder à opinião pública, sem sombra de qualquer tipo de mal-estar. E sabe por quê? Por que se fala que setores da caserna, caserna num sentido bem amplo, a começar por Figueiredo, não permitiriam a posse de Sarney, seu vice, na presidência.

— Pera aí. De onde conhece Lorena? — surpreendeu-se ele.

— Estamos do mesmo lado. Estamos na resistência a quase 21 anos de ditadura e ao perigo de não se sabe quantos mais. Tancredo é cercado por uma aura de respeito, mesmo entre os militares. Sarney, não. Seria impedido de assumir pela linha dura, caso esta tomasse as rédeas do processo, patrolando inclusive Figueiredo.

— Você tem visto Lorena?

— Não. Mas ela sabe por mim que você continua aqui, sem identidade, sem presente e sem futuro. Fui eu quem lhe passou o nome de Beatrice e os endereços, primeiro do clube, depois daqui, para que lhe mandasse mensagens pelo Correio.

— Beatrice não mostrava saber disso, até eu lhe contar que Lorena era minha aluna.

— Melhor assim para todos, inclusive para você. Lorena lhe enviou outro recado. Quer que se cuide agora mais do que nunca, pois esta granja está tomada por intrusos. Você já mudou seu aspecto, com essa barba. Continue a mudar. Trouxe-lhe estes óculos escuros. Arrume um chapéu de palha, uma máscara cirúrgica dessas que os técnicos estão usando para não respirarem pó, qualquer coisa que o faça ainda mais diverso de quem foi.

— Continuo ameaçado?

— Ninguém revogou a ordem de busca contra você. Se a linha dura botar as garras de fora, haverá uma nova caça às bruxas. Você continua o suspeito número 1 da morte de Alceste.

— Alceste não morreu. Aquele crápula se reduziu a um punhado de ossos de proprietário desconhecido, no fundo do Rio Fusco.

— Ainda assim você é uma pessoa visada. Por favor, cuide-se.

- 99 -

Ele comentou à noite com Beatrice sua conversa com Parsons.

— Você sabia que ele pertence à resistência?

— Sabia que tinha ideias políticas semelhantes às suas. Por isso o trouxe aqui.

— Quer dizer que todo aquele papo filosófico dele foi uma encenação?

— Foi um jeito de aproximá-los.

— Aquilo sobre os sonhos também não era real?

— Aquilo, estou certa de que era bem real. Além do mais ele é médico, ou se diz médico, formado na Inglaterra. Tenho ideia de ter visto seu diploma no vagão em que mora, quando era menina. Parece que foi roubado, depois. Eu costumava visitá-lo para ver suas borboletas. Mais tarde continuei a ir vê-lo como amiga.

— Você também é da resistência?

— De que resistência está falando? Se for contra essa ditadura que parece não ter fim, estou do seu lado, do de Parsons.

— Foi por isso que me acolheu aqui?

Beatrice sorriu:

— Por isso e por essas suas pestanas longas.

Ele a abraçou e beijou, e aquela noite se entregaram longamente um ao outro.

Ao amanhecer, no entanto, perceberam uma agitação inusual para o lado do torreão.

Beatrice desceu. A granja estava sendo distinguida de novo com a presença do cardeal.

Era um homem robusto e fazia uma esplêndida ideia de si mesmo, a julgar pelo modo enfatuado com que tratava o Padre Becchi, as autoridades locais que o acompanhavam e os operários.

— Você deve ser a proprietária — disse, dirigindo-se a Beatrice.

— Sou e serei, Eminência.

— Estes bens agora pertencem à União.

— Não se fie nisso. Estou movendo várias ações contra o senhor, o governo, a diocese, a prefeitura de Cerro Azul por esta usurpação, por esse estupro de meus direitos. Em Cerro Azul há uma boa hemeroteca. Lá recebem às vezes jornais do Exterior. Li muito a seu respeito.

— Perdeu seu tempo, madame — respondeu ele, superior e condescendente. — Pelo menos no que toca a mim — acrescentou. — Sou, à luz da legislação diplomática, um cidadão a serviço do Estado do Vaticano. Além de mais, estou agindo dentro da lei.

— Quem lhe ensinou essa lei tão singular, que lhe permite arrombar cercas e destruir propriedades alheias? O Arcebispo Lefebvre?

O cardeal fez-se rubro.

— Não vou suportar impertinências. E julgo inteiramente descabida sua menção àquele prelado francês, que infelizmente deixou-se induzir pelo erro.

Era a deixa que ela esperava.

— Erro que o senhor apoiou. Gostaria de lhe participar, Monsenhor Cedro, que já remeti uma bela coleção de xerox à imprensa do Centro do país, onde tenho bons amigos, acerca de suas afinidades com Lefebvre. E é claro que não deixei de lembrar que a Congregação para a Doutrina da Fé é sucessora direta da Inquisição. Ou devo dizer filha dileta?

— Do que está falando? — ele agora aproximava-se dela, com a intenção de intimidá-la.

— Não chegue perto de mim ou armo aqui um escândalo capaz de ecoar na Praça de São Pedro.

O cardeal estacou.

— O que andou inventando a meu respeito? Sabe que também posso denunciá-la e processá-la criminalmente?

— Faça isso! Será uma esplêndida caixa de ressonância de algumas verdades que a esta altura já serão do conhecimento de jornais e revistas do Rio e de São Paulo. Eles já saberão como o senhor apoiou Lefebvre.

— Lefebvre não tem nada a ver com o resgate de uma redução.

— Talvez tenha. Não foi o arcebispo que o estimulou a vir em busca de publicidade fácil no Brasil, em agradecimento aos favores que lhe prestou?

— Não prestei favor nenhum a ele e acho esta conversa fora de propósito.

— Mas eu não. Tenho bem documentada sua condenação ao Concílio Vaticano II, ao fim da missa latina, à suposta desagregação da Igreja.

— Nunca fiz isso.

— Fez mais. Era notório aliado daquele alucinado quando ele denunciou Paulo VI e o próprio João Paulo II como modernistas irresponsáveis e heréticos. Respaldou seu tradicionalismo feroz, mesmo quando ele declarou que ninguém tem liberdade de religião, defendeu uma liturgia empoeirada e antiga. Ficou de *bocca chiusa*, quando Lefebvre acusou Roma de cismática e de aliada da maçonaria. Também não piou quando ele classificou seus opositores de parte gangrenada e corrompida da fé, denunciou-os de tentarem aniquilar a doutrina, cometendo um aborto espiritual.

Fazendo um esforço visível para conter-se, Cedro buscou silenciá-la.

— Não estou aqui para ouvir disparates.

— Serão mesmo disparates? Essas notícias correram mundo. O senhor foi defenestrado de cargos que ocupava.

O cardeal respirou fundo. Era visível a sua ira, mas algo naquela mulher o aconselhava a conter-se.

— Suponho que *L'Osservatore Romano* não circule em Triana — ponderou. — Fiz publicar no órgão oficial da Santa Sé um desmentido de que alguma vez tenha amparado todas essas alegações dementes. Figuras ilustres da Igreja escreveram artigos em minha defesa.

— E no entanto continuou sendo apontado como discípulo de Lefebvre por analistas europeus respeitados. Até fez escola, segundo prova o nosso bravo Padre Becchi, seu aluno e seguidor.

— Não tenho de continuar escutando suas tolices — volveu o cardeal, dando-lhe as costas.

Mas antes que se afastasse ouviu uma derradeira advertência:

— Não mexa no torreão, Monsenhor Cedro, ou ele desabará sobre o que resta de seu conceito em Roma.

- 100 -

Mas Cedro mexeu. Num aberto desafio a Beatrice, ordenou que naquela mesma tarde se iniciasse a demolição do velho prédio, que entendia não ser parte da redução. Nem ele nem os operários esperavam no entanto defrontar-se com paredes externas de quase meio metro de espessura, de modo que os avanços foram lentos.

Santelmo não escondeu de Beatrice o quanto admirava tanto sua coragem ao bater boca com o cardeal, como a serenidade com que, na maior parte do tempo, acompanhava as tentativas de desmantelar o torreão.

Mesmo que este não tivesse sido parte da suposta igreja ancestral dos jesuítas, era claro que todos os anteriores proprietários da quinta o haviam mantido com enorme solidez. Martim os imitara e o resultado era uma espécie de marco sobranceiro aos campos de Triana.

A determinação do cardeal, contudo, desconhecia limites. Mesmo ante os protestos dos arqueólogos, um imenso guindaste, que sustentava, presa em correntes, uma formidável esfera de aço, foi trazido dias depois de Porto Alegre. Foi quando o torreão enfim deu mostras de começar a ceder.

— Esse homem é diabólico — definiu-o Beatrice.

— Ou apenas ambicioso. Só nos resta esperar que Vieira tinha razão quando escreveu que quem quer mais que lhe convém, perde o que quer e o que tem.

— Vieira desapareceu há séculos. Esse calhorda está bem vivo e, pelo jeito com que age, vai descobrir o que não procura.

— O mural?

— Se puserem abaixo as paredes externas, começarão a escavar os porões. Cavarão o aniquilamento de seu projeto. Conto com você?

— Para pôr em funcionamento a maquinaria inspirada em Da Vinci? Você sabe que sim.

— Ainda que tenha de expor-se a essa gentalha?

— Ninguém me reconhecerá. A cada manhã me olho no espelho, examino esta barba, ponho os óculos escuros, um chapéu de palha, e tomo um susto. Além disso vou usar, se tiver de sair deste sótão, uma dessas máscaras protetoras da face.

Havia um outro tipo de susto que não mencionou a Beatrice. Nos últimos dias sofrera duas quedas, abatido por súbitas vertigens. Sentia ainda náuseas e, por vezes, falta de força, a visão embaçada. Em vários momentos temia até levantar da cama, por medo de passar mal.

Era Ela, a morte, que se aproximava? Santelmo não tinha no entanto a menor intenção de espalhar seus temores aos quatro ventos.

De qualquer modo, não desejava dar adeus ao mundo antes de ver salvo o mural de Milan Havel em toda a sua grandiosidade e beleza.

- 101 -

Havia algo no entanto que sempre voltava a lhe turvar o pensamento.

Era a consciência de que não deixaria marca nenhuma de sua passagem sobre a Terra.

Sempre acreditara que de certa forma era diferente do comum dos mortais: desde que se tinha por gente soubera o que queria ser. Havia pessoas ótimas em abrir a barriga do próximo, tirar o pai da forca ou erguer caixotes de aço, concreto e vidro. A ele caberia reviver a arte dos grandes mestres. A princípio supunha que faria isso com um pincel e uma tela, com um cinzel e um bloco de mármore. O tempo de doutorado em Princeton o convencera no entanto que seu caminho era outro, embora não muito diferente. Ele abriria mentes e corações jovens para o universo da belo, do sublime.

Nenhum de seus projetos compreendia a perda de seu posto de professor, a agressão a um dos delegados do regime, a fatalidade de matar outro, a necessidade de ocultar-se, além da mais terrível das penas: pressentir a chegada do próprio fim aos 45 anos de idade. Os 45 anos deviam ser o auge de sua capacidade criadora, de sua segurança pessoal, de sua singradura pela vida. Sempre quisera viver com o olhar posto no amanhã. Seus 45 anos tinham sido no entanto castrados ainda jovens pela ditadura instalada no Brasil. Seus 45 anos eram uma agonia que se pronunciava a cada vez que se sentia órfão de forças, deserdado de consciência e interditado de futuro.

Beatrice o despertou dessas reflexões acariciando seus ombros e perguntando-lhe, terna:

— Deprimido?

— Não mais do que a humanidade.

— Talvez o ajude a sentir-se melhor saber que eles não estão conseguindo.

— Conseguindo o quê?

— Derrubar o torreão. O máximo a que chegam com a maldito guindaste é abrir mais frestas nas paredes. São sólidas demais para o brinquedo do Senhor Cardeal.

— Acha que terão de usar explosivos?

— É a alternativa que lhes resta: mandar tudo para os ares. Mas precisariam vencer toda uma burocracia para obter a licença, contratar uma empresa especializada, que possivelmente só exista em São Paulo. Nós temos um método mais prático e mais eficaz, não é mesmo? As engrenagens de Da Vinci.

— Só temo que, se e quando tiver de empregá-las, você não conte mais com um assistente. Ando frágil e abatido e derrotado, Beatrice Cenci. Venho pensando muito na mínima, esquecida partícula de vida que sou, ou no que me resta de vida. Pensar é hoje pra mim um impulso solitariamente múltiplo. Penso em mim e no que vou perder. Penso ainda assim que cérebro nenhum, o computador mais potente, o mais tirano dos governos vai alcançar os oceanos submersos em que me afundo. Pensar tem sido pra mim, por estes dias, semanas e meses, uma busca de mim mesmo, não como sou hoje, mas como um jeito de iluminar, distraído, uma infinitude que não foi feita para mim.

— Tudo isso não sara com um beijo?

E ofereceu a Santelmo seus lábios e seu corpo, do jeito mais brando que sabia.

- 102 -

A espessura e a rigidez daqueles altos muros levaram o cardeal a mudar a estratégia. A demarcação do local em que se teriam erguido as habitações dos índios ia adiantada, o que liberava braços para um duplo ataque ao torreão: por fora, com o guindaste que movia a imensa esfera de aço, e por dentro, com marretas e picaretas.

As paredes internas eram menos sólidas. Eram também mais reveladoras. Tijolos, forrações de estuque começaram a tombar, erguendo nuvens de poeira. Quedas de tetos e barrotes puseram a nocaute três operários, o que não chegou a despertar maior compaixão de Sua Eminência.

Ao contrário, ele acompanhava com entusiasmo crescente o desnudamento da estrutura, que contava ver no chão antes do final de suas férias em Triana. O que não esperava era a notícia que lhe foi levada pelo capataz: trabalhadores haviam dado com a entrada de um porão que apresentava mostras de ter sido habitado.

Antes da mudança de Santelmo para o sótão do sobrado, Beatrice e ele haviam apagado quanto possível os vestígios de sua passagem pelo lugar. Não era improvável no entanto que restassem traços de sua presença.

Cedro logo se interessou pelo achado. Se existia um porão, podia haver outros. Ordenou então que os operários se concentrassem em romper o pavimento, trabalho que se revelou de uma dificuldade surpreendente: ali a base era reforçada com chapas de metal.

A súbita resistência dos materiais só aguçou a curiosidade do cardeal, que mandou que atacassem com método cada centímetro quadrado do piso e buscassem, por todos os meios, acessos a um possível porão seguinte.

Beatrice refletiu que a ameaça de descoberta do mural deixava o campo das simples hipóteses.

E estava certa.

Um golpe de machado no velho aparador esquecido a um canto desnudou a parede que dava passagem ao plano de baixo.

— Vinho! — gritou um operário. — Tem um monte de garrafas de vinho aqui!

Mas o capataz já transpunha a adega e topava com algo que, mesmo com fraca iluminação de sua lanterna, certamente despertaria bem mais a atenção de Cedro.

- 103 -

O céu se fechava, trovejando e ameaçando um temporal, mas, chamado às pressas em Triana, o procurador do Instituto da Propagação da Fé não tardou a aparecer e logo foi guiado ao segundo dos porões do torreão.

Cedro foi tomado de uma sensação de maravilhamento e de repulsa ao topar com o painel, agora iluminado por holofotes. Era um homem culto o suficiente para perceber que estava diante de uma criação magistral. Mas era também prisioneiro de concepções medievais de arte: aquele mural era em tudo um sacrilégio, um agravo monstruoso a 20 séculos de existência da Igreja, um ultraje à figura de Cristo.

Tomado de cólera, ordenou que aquele segundo e amplo porão fosse esvaziado. A movimentação atraíra dezenas de operários e técnicos, mais moradores da vila, para os quais tanto as obras, quanto agora a visão ao fundo do anfiteatro eram um espetáculo novo e gratuito. Outros ainda tentavam entrar, movidos pela curiosidade.

Santelmo aproveitou o momento para esgueirar-se em direção ao fundo, em busca da escada retrátil que o levaria aos mecanismos ocultos do terceiro subsolo.

Cedro teve que renovar seu ultimato. Foi quando o recinto parecia entregue somente a ele, ao Padre Becchi, ao subprefeito Vidal e a Beatrice, surgida sem convite, que ergueu a voz:

— Estamos ante uma obra demoníaca e blasfema! Isto é uma completa abominação! Uma heresia que só pode ter sido inspirada por uma mente doentia, transtornada pelo Príncipe das Trevas! *Vade Retro, Satana!*

- 104 -

Mas o discurso do cardeal foi interrompido pelo facho de outro holofote, mais potente, aceso na parte elevada do anfiteatro, seguido de disparos para o alto.

— Cordiais saudações, Eminência — disse o homem que manejava o facho de luz. — Não acha que é hora de parar com esse lengalenga e esse latinório?

Com um calafrio, Beatrice reconheceu a voz de Nathan. Constatou também que havia raspado inteiramente o cabelo e a barba.

— Assustada, menina? — tornou ele. — Desta vez sugiro que não me expulse desta granja. Estou armado com uma Glock 18 que funciona como uma submetralhadora, e tanto aqui no torreão como lá fora há homens que obedecem ao meu comando. Como pode ver, Beatrice, tem pessoas que partem para morrer e outras para voltar. Surpresa com a minha ressurreição? Não devia. A Igreja do Senhor Cardeal prega há séculos uma outra, a daquele sujeito lá no mural. Não foi uma bela encenação a minha?

— Onde você se escondeu, como o impostor que agora mostra que é? — perguntou-lhe Beatrice.

— Me ocultei por aí. Se quer saber mesmo, foi na casa da Astéria. Enchi os bolsos dela com notas graúdas, dinheiro que consegui vamos dizer que por acaso, o bastante para comprar seu silêncio e o de uns seguranças que me acompanham aqui. Mas não se esqueça de que a Igreja do Senhor Cardeal manda não julgar os outros. "Não julgueis para não serdes julgados", não foi o que disse aquele nazareno infeliz?

— Não acha que já há blasfêmias de sobra por aqui? — reagiu Cedro.

— Cale essa boca, imbecil! — volveu Nathan. — Sei que a deixei triste com meu desaparecimento, Beatrice, mas não é hora de sentimentalismos. O momento é de completar um trabalho que comecei há muito tempo: acabar com todos os sinais dessa arte decadente, degenerada, com que o Cabo Milho, um maldito desertor, manchou as paredes de Triana. Sim, fui eu quem convenceu, estimulou o vigário da época a acabar, há décadas, com os outros murais, os das casas dos colonos! Hoje será o dia deste! O vigário era um asno, ainda assim mais inteligente do que os padres de hoje. Eu gostava mesmo era de Pio XII, que apesar de vestir saias foi homem o bastante para nunca se importar com os campos de concentração e a morte de um punhado de hebreus.

— Foram seis milhões! — tentou interrompê-lo Beatrice. Mas ele a calou com novos disparos para o alto.

— Vou transformar esse mural em uma peneira imprestável — anunciou. — Vou destruir cada centímetro dessa bosta. Era assim que fazíamos em minha terra, em uma época gloriosa.

E para provar que não estava brincando, acionou mais uma vez a arma, apagando vários holofotes.

- 105 -

Um plano abaixo, Santelmo defrontou-se com uma dificuldade que já devia esperar. Uma nova tontura quase o derrubou.

Foi apoiando-se nas paredes que alcançou a custo o local do mecanismo engendrado por Milan Havel. Teve também dificuldade em rememorar letras e números e não foi propriamente um alento ouvir os tiros que ecoavam de cima, do nível do mural.

Beatrice estava lá. A vida da mulher que começava a dar um novo sentido à sua estava exposta aos disparos do que lhe pareceu ser uma metralhadora. Os enviados do Vaticano agora andavam armados?

- 106 -

Mas não era o cardeal que segurava a Glock. Nathan fixava o olhar em Beatrice.

— Seu pai não foi nazista?

— Milan Havel foi recrutado à força — rebateu ela. — Quem está falando como um nazista é você.

— Ao contrário do Cabo Milho, um fraco, um covarde, sempre me orgulhei da era mais triunfante, a mais fascinante da História: a da marcha da Alemanha de Hitler rumo a seu destino de dominação e de grandeza. Não esqueci também dos ensinamentos do Führer. No III Reich, os trabalhos de um Chagall e de outros judeus imundos não serviam nem pra papel de parede. Nem os desse Manet aí em frente, que, está na cara, primeiro teve a ideia geral mal copiada e depois desfigurada, pelo Cabo Milho. Um verme tentando arremedar, e muito mal, o outro. O que nos importava era a nova arte alemã, não a corrupção artística de retardados tipo Gauguin, Cézanne, Van Gogh!

— Você dizia a mim que admirava a arte deles! — tornou Beatrice.

— Disse muita coisa a muita gente nestes meus longos anos em Triana. Tinha de encobrir a minha verdadeira missão. Até meu verdadeiro nome, que é Wilhelm Von Wied. Nunca houve um Nathan Jordan! Não era difícil engambelar pessoas como um desertor, um granjeiro, ou a simples secretária de um clube de merda. As obras dos bastardos que citei e de muitos outros foram banidas, no meu tempo, dos museus alemães. Foram degradadas, queimadas. As deles e as de outros pretensos gênios. Aquilo não era arte. Era uma abominação, arte bolchevique. Eram exercícios pervertidos de péssima pintura, de insensatez artística, embora não tão mal copiados, tão falsos, tão abjetos como esse aí de seu pai!

— Logo quem falando de falsidade! Você é a própria imagem dela. Você viveu décadas apregoando que era judeu. Quantos judeus matou em Sachsenhausen e em outros campos?

— Menos do que devia. Não sou judeu, sou ariano puro. Passei a melhor época de minha vida na Grande Alemanha. Vivi cada minuto de um tempo incomparável, indescritível. Foi uma era inesquecível, extraordinária, sem par na caminhada da humanidade. Vim para o Brasil, para o Rio Grande, como enviado de Berlim. Tinha uma missão aqui, a de contribuir para a expansão do Reich neste lugar de mestiços, negros e botocudos, mas em que viviam milhares e milhares de arianos como eu. Mas o maldito cônsul alemão em Porto Alegre na época fingiu não me entender. Até acusado de ladrão eu fui por aquele pulha. Não confiou em mim, me desterrou neste cu do mundo, o mais deslocado dos lugares para eu cumprir minha tarefa. Logo descobri outra, por mim mesmo, sem que precisasse de instruções: acabar com todos os murais imbecilizantes que achei aqui onde vim parar, nem que levasse uma vida inteira nisso. Acabar com o maldito autor de todos eles, o que só não consegui porque ele primeiro se escondeu nesta granja e depois fugiu. Mas essa história pode ficar para depois ou para nunca. Você sabe que jamais fui de discursos, já falei demais. Prefiro a ação. Hoje é dia de varrer da face da Terra mais esse exemplar de arte mórbida!

— Sabe quem você está me lembrando, Nathan? — atalhou-o subprefeito Vidal. — Do Gruber. Ele falava bem assim como você está falando agora!

— Você era da corriola do Gruber, não, Vidal? Você gostava de ouvir ele falando como um nazista, não é? Pois fique sabendo, seu filho da puta, que aquele mentecapto era judeu. Pior do que judeu, era um *Kapo*. Era um judeu amaldiçoado que em troca de quase nada fazia às SS o favor de infernizar ainda mais os trabalhos forçados de outros judeus nos campos de concentração. Os tribunais pegaram leve com os *Kapos* depois da guerra. Eu sempre achei absurda tanta bondade dos meritíssimos. Esse Gruber tinha aparência de ariano, mas dava pra sentir de longe o seu cheiro pútrido. Chegou ao Brasil cheio da grana. Libras e dólares capazes de enganar qualquer um. Tinha roubado de Sachsenhausen. De início me aproximei dele, mas ele não queria intimidades. Deixei passar o tempo, anos a fio, enquanto dava jeito de investigar seu passado. Só há bem pouco, com certeza enfim do que eu buscava, fiz um dos rapazes que estão aqui hoje comigo lhe dar um porre monumental. Mandei misturar certas coisas que conheço em sua bebida. Bingo! O demônio ficou tão doidão que acabou contando a história inteira, cada detalhe, das notas falsificadas, que trocou no Rio. Ninguém desconfiou das notas, eram quase perfeitas. Ninguém desconfiou do Gruber no Rio, aquela terra de crioulos. Mas eu desconfiei, levei anos à cata de informações a respeito dele. Lembra-se de coisas que lhe falei, Beatrice? Das cédulas?

— O que você fez com o Gruber?

— Nada, menina. A Astéria me disse que ele sumiu. Muita gente aparece do nada em Triana. Outros somem. Esse asqueroso sumiu. Sumiu de repente.

— Sumiu como?

— Não faço a menor ideia. Meu palpite é de que não vai mais aparecer. O Rio Fusco é perigoso. Parece que ele se jogou na água e não sabia nadar. Eu mesmo não sei nadar, não há mal nisso. Como é que *ele* ia nadar com aquele sobretudo? Antes dele mergulhar eu até lhe tinha feito uma visita com esta mesma Glock. Foi uma visita noturna, não era bom me mostrar. Primeiro mandei que se pelasse. Ele quis resistir, é claro, mas acabou obedecendo depois que furei as paredes de sua casa com a Glock. O cara era um maldito demônio circuncidado! Tinha um número no braço! Deviam ter feito sabão dele, *judenseif*! Aí lhe pedi, com toda a educação, o resto de sua grana. Não é que ele me deu tudo de presente? Veja só! Descobri que seu nome não era Klaus. Era Asher. Algum ariano ia ter esse nome? Ouvi que depois se meteu em alguma briga perto da ponte do Rio Fusco, não sei com quem, parece que se deu mal. Com quem seria? O corno não deixou vestígios, como eu deixei de propósito. Interessante não é?

— Você não vai escapar da polícia, da Justiça! — volveu Beatrice.

— Justiça? Me lixo para a Justiça brasileira. Cumpri minha missão, além disso estou rico! Tudo se compra, no Brasil! Vou-me embora deste povoado! Deste estrume de país! Mas chega de conversa. Hoje é um dia que requer decisão. Nardo! — chamou. — Amarre todos eles!

Um tipo enorme, até ali oculto, apareceu munido de cordas e acompanhado de vários comparsas. Com surpresa, Beatrice reconheceu nele o homem que aplicara golpes em Triana e por quem bobamente se enamorara uma existência antes.

Nathan parecia ter o controle total da situação. Cedro, Becchi, Vidal e Beatrice foram manietados e intimados a deixar o porão.

Mas então se ouviu uma voz:

— Estou com uma Mauser apontada para a sua cabeça. Baixe a arma!

Tomado de surpresa, Nathan voltou o holofote para um canto até então escuro, para uma garota de vinte e poucos anos que portava uma pistola.

— Quem é você?

— Sou Lorena Sintra, se isso lhe interessa. Vamos, obedeça!

A resposta de Nathan foi atingi-la com a Glock.

Ele próprio no entanto baqueou sem vida quase no mesmo instante, pois um novo tiro ecoara da entrada.

A figura de Parsons, portando o velho revólver, revelou-se das sombras.

— Ainda conservo a pontaria, não acham? — perguntou ele com seu sotaque inglês ao anfiteatro semivazio.

Os tiros repetidos acabaram atraindo operários, que socorreram Lorena ainda com vida.

Outros desvencilharam das cordas o cardeal, Becchi, Vidal e Beatrice. Chamado, Amaranto ordenou a detenção de Nardo e seus comparsas.

Beatrice soltou um grito de alerta:

— Deixem este prédio! Ele vai ruir!

O velho edifício foi abandonado.

- 107 -

Santelmo teve mais algum trabalho com a combinação. Girou-a ao ponto certo com movimentos vacilantes dos dedos trêmulos e tratou de escapar do torreão, galgando, cambaleante, os porões sucessivos.

Foi bem à saída que uma pedra solta do alto da estrutura que se decompunha o prostrou.

Seria Ela de novo que chegava? Seria Ela que o recolhia em seu regaço, não de dentro de seu cérebro, mas pelo golpe lancinante que o atingira? Pensou por um instante em Vieira: "Todos nascemos para morrer e todos morremos para ressuscitar".

- 108 -

Foi nesse momento que novas trovoadas e uma forte ventania marcaram a chegada do temporal anunciado. A tormenta desabou, violenta. Era mais forte e destruidora do que a anterior, a que havia provocado graves estragos num raio de quilômetros.

Cientistas, técnicos, operários se movimentaram para proteger as cada vez maiores extensões onde se realizavam os trabalhos de levantamento arqueológico, tarefa prejudicada pela água que se acumulava torrencial nas muitas cavidades abertas no terreno e pela lama que ia se espalhando mais e mais por toda parte e a cada passo. Uma após outra, barracas foram indo abaixo, danificando grande quantidade do material que guardava a evolução das pesquisas. Alguns pediram abrigo a Beatrice no sobrado, mas ela respondeu que não havia condições de acolher ninguém ali.

Disse que o prédio estava em escombros na parte interna, desde a devastação causada bem antes, por soldados de Cerro Azul.

- 109 -

Diversamente da tempestade anterior, essa se prolongou por vários dias, interditando estradas e pontes, avariando moradias na vila. Cheias sem precedentes se registraram por largas extensões. De nada serviram as múltiplas solicitações de auxílio para a Prefeitura de Cerro Azul. Os estragos na sede do município eram igualmente alarmantes e as comunicações entraram em pane.

Beatrice ouviu de um professor carioca, que ela sabia ser o cabeça de todos os trabalhos de campo para a descoberta de sinais de algum tipo de redução jesuítica na granja, que se insistissem em procurar algo de real valor histórico ali teriam de começar tudo de novo, a um custo que não cabia em seu orçamento.

Já nos primeiros dias, o Rio Fusco transbordou por sobre os prados vizinhos, desertos de florestas desde as grandes derrubadas patrocinadas por Vogel no passado. O Rio Jacuí avançou igualmente sobre as margens. Na vila ocorriam desabamentos de casas da população mais pobre. Foi também onde se espalhou a má notícia de que aguaceiros tão longos e quase incessantes traziam, de carona, doenças como a dengue. Em toda parte registrou-se falta de luz. A encosta junto ao que os pesquisadores haviam batizado como o local da praça da redução começou a apresentar deslizamentos, que dia a dia cresciam de volume.

- 110 -

O torreão se convertera em escombros, mas havia vida inteligente por perto e ao longe dele. O dr. Herculano Tales conseguira vir de Cerro Azul e exibia em Triana ao cardeal um mandado de segurança obtido junto à Justiça Federal, que ordenava a imediata suspensão dos trabalhos do desastrado restauro de uma missão que possivelmente nunca teria existido e a devolução de toda a área à sua legítima proprietária, Beatrice Havel.

O visitante da Santa Sé no entanto pouca atenção deu às novidades jurídicas. Já vinha se dando conta de uma amarga realidade: a recuperação de toda uma redução jesuítica, como tinha sonhado, se tornara impossível, depois do súbito desabamento do torreão, de um modo inteiramente diverso do que havia planejado. Um desmoronamento como o que ocorrera devia ter destruído o mural. Mais: todas aquelas malditas inundações viravam ao avesso um precioso material de buscas históricas.

A chuva que não tinha jeito de cessar o fazia mais irritado, pois o tornava praticamente prisioneiro dos acanhados limites da casa paroquial. Percebia a todo instante que o Padre Becchi não era a melhor das companhias. Uma coisa era conviverem em Roma, como professor e aluno. Outra, muitíssimo diversa, era aturá-lo dias a fio e ouvir-lhe queixas infindáveis sobre seu desterro em Triana.

- 111 -

Mas logo algo bem mais grave lhe ocupou a atenção. Depois de permanecer fora do ar, a retransmissora de TV de Cerro Azul voltou a dar sinal de vida. Junto a notícias que não o interessavam sobre a região e o país, uma outra, internacional, o deixou em alerta vermelho máximo.

Um novo escândalo financeiro sacudia o Vaticano. Como na quebra do Banco Ambrosiano, menos de dois anos antes, infeliz incidente que decretara a estrondosa queda de um amigo próximo de Cedro, o arcebispo Paul Marcinkus, novas investigações revelavam que os cem milhões de dólares pagos em 1983 pela Igreja para ressarcir os clientes do Ambrosiano não significavam o fim do imbróglio.

Os mecanismos de controle que tinham sido instituídos pela cúpula do Vaticano desde então começavam a trazer a público um outro fio da meada. Como uma espécie de ressaca tardia a pagamentos obscuros à loja maçônica P2 e a desvios de fundos para fins particulares, que culminaram com o alegado suicídio do banqueiro Roberto Calvi — pautas que haviam merecido ampla e continuada atenção da imprensa mundial —, agora anunciava-se outra limpeza nos subterrâneos de Roma. E o pior: essa faxina atingia a ele, Giovanni Cedro, detentor de um cargo de procurador-geral que lhe fora dado com um aviso: não passava de uma função simbólica.

Era essa que ele estava também perigosamente ameaçado de perder agora, a dar ouvidos ao noticiário da televisão. Com aquela enchente toda, não tinha como se informar melhor a respeito da crise na cúpula da Santa Sé: os jornais de Porto Alegre não chegavam mais a Triana. Os de Cerro Azul cuidavam apenas de assuntos da cidade e região. Ele necessitava com urgência dar por terminadas suas férias e voar para Roma. Não deu maiores explicações sobre aquela partida súbita sequer a Becchi.

- 112 -

Distante dos problemas de Sua Eminência, Lorena Cintra recuperava-se no hospital de Cerro Azul das cirurgias que lhe salvaram a vida. Também na sede do município, Nardo e seus capangas eram mantidos presos por ordem do delegado de polícia que apurava sua participação na malsucedida aventura a serviço de Nathan.

Bem mais longe, Tancredo Neves, o presidente-eleito da República — que derrotara no Congresso Nacional, por ampla margem, o candidato do Planalto — começava sua luta pela vida, após sinais claros de um mal que buscava ocultar. Prendia-se à hipótese de que apenas sua posse daria fim definitivo à longa ditadura. Mas mesmo nesse momento dramático, militares ainda conspiravam para alongar os quase 21 anos de autoritarismo no Brasil.

Foi nesse período que algum ministro, com ouvidos atentos para decisões da Justiça Federal e para o que ocorria além das fronteiras do país, enviou uma ordem terminante à diretoria do Depena. Era simples: mandava cessar imediata e totalmente os trabalhos de reconstituição de uma missão jesuítica que, tudo indicava, só existira na fantasia do Cardeal Cedro, eminência embrulhada em negócios escusos de repercussão internacional. O ilustre prelado já se achava a caminho do Vaticano, com muita coisa para explicar.

Tão logo soube da notícia, Beatrice voltou a recorrer ao dr. Herculano Tales, para que ele buscasse na Justiça não só a *indeniSação* prometida pelo subprefeito Vidal, mas todas as compensações devidas pelo poder público ante a devastação ocorrida em sua propriedade.

Foi durante as consultas que ela, com cautela, como se tratasse de um caso aleatório de que sabia apenas por referências, lhe falou dos problemas jurídicos de Santelmo, sem nomeá-lo. O dr. Herculano, que como Parsons era um homem bem informado e que já em conversas anteriores deixara clara sua oposição ao regime, entendeu o recado. Disse-lhe que precisaria examinar eventualmente os fatos em detalhe para opinar, mas que em tese, não havendo cadáver ou qualquer outra prova mais robusta, a pessoa a que aludia Beatrice tinha chances de livrar-se da acusação de homicídio. Quanto à agressão anterior, a que tivera como alvo Berguió, que também não foi citado, a pena seria a de lesão corporal, passível de redução de grau.

- 113 -

Essa perspectiva a animou. Decidiu que só tocaria no tema com Santelmo, no entanto, quando ele apresentasse melhoras alentadoras da lesão que havia sofrido.

Não lhe saíam da cabeça as palavras de Nathan, quando o mural fora descoberto, aliás as últimas que pronunciara. Todo aquele discurso de ódio nazista ainda a espantava. Convivera com um criminoso de guerra por toda a sua vida e agora lhe vinha a inteira certeza de que ele se empenhara por muitos anos na sistemática destruição de todas as obras de Milan Havel.

Rememorava as confissões que ele deixara escapar, sempre quando muito bêbado, em especial as de que trabalhara como enfermeiro no campo de concentração de Sachsenhausen e a confusa história das falsificações, que agora não parecia assim tão irreal. Era possível que essa última parte tinha como origem o que Nathan escutara de Gruber, apropriando-se da narrativa.

Mesmo assim, não era impossível que ele mesmo tivesse passado por Sachsenhausen. Como o campo existia desde 1936, segundo tinha lido, Nathan realmente podia ter estado lá como jovem oficial, e depois ter sido designado para o Brasil, a fim de cumprir a sua proclamada *missão*. Lembrava logo sua referência a uma função nunca esclarecida no Consulado Alemão em Porto Alegre, de onde ao que tudo indicava fora mandado para Triana.

Por que Triana e não Cerro Azul, desde muito a maior cidade da região? Mas aí refletia que Nathan seria melhor aceito, poderia integrar-se ao ambiente com naturalidade e trabalhar em sua *tarefa* em um centro pequeno, com forte imigração alemã, e além disso próximo a Cerro Azul.

Beatrice Havel nascera e vivera num povoado em que, durante a II Guerra, como ouvira de Martim, muitas pessoas eram abertamente favoráveis a Hitler, em particular nos primeiros dois anos do conflito, quando as forças do cabo austríaco pareciam imbatíveis. Esse período coincidia com a chegada de Nathan a Triana, então germânica até no nome: Neutrier.

A posição geográfica da vila era estratégica, dava-se conta, em relação a outras localidades assinaladas no mapa encontrado no chalé. Nathan teria sido um dos muitos agentes alemães cuja missão era transformar os três Estados meridionais do Brasil numa espécie de domínio da chamada Grande Alemanha, segundo os delírios de Hitler? A palavra *BOBAGEM!* escrita no mapa encontrado em seu chalé não seria simplesmente uma forma de despiste?

Beatrice refletiu que todos os nazistas eram insanos, mas que Nathan, além de insano, era um canalha enrustido. Nathan cometera mais um crime em Triana: acabara com Gruber. Submetera-o a um deprimente exame físico. Se adonara de sua riqueza sobrante, para manter Astéria bem calada. Levara-o não por acaso para junto do Rio Fusco, onde tinham sido encontrados indícios de seu próprio, fantasioso assassinato. Fora provavelmente ele também quem liquidara primeiro Bronx. Recordou de súbito o fim de Alceste: Nathan podia não saber nadar, mas tinha certa experiência em fazer desaparecer cadáveres em um rio.

- 114 -

Longe das reflexões de Beatrice, dos recursos e do conforto do hospital em que Lorena Sintra vinha sendo atendida em Cerro Azul, Santelmo Cimbres era assistido pelo único, singular médico de Triana. Fora extremamente difícil e arriscado para Beatrice, Parsons e Natalício, surgido não se sabia de onde — e sem perguntas embaraçosas —, conduzi-lo do torreão, onde tinha sido atingido na saída pela pedra, ao sobrado, em meio à tempestade. Ocultaram-no numa cama armada na ampla despensa, cuja porta foi disfarçada por móveis. Tornar a hospedá-lo no sótão estava fora de questão.

Santelmo sofria fortes dores no tórax. Parsons não demorou a diagnosticar fratura da costela. A pedra que tombara sobre ele era de regular dimensão.

O inglês submeteu-o a uma cuidadosa avaliação e informou-lhe que aparentemente não havia lesões mais graves. Isso significava que ele poderia ser tratado ali mesmo, o que na verdade era o único caminho que lhes restava.

Parsons recomendou-lhe repouso, orientou-o sobre a melhor posição para dormir e administrou-lhe analgésicos para aliviar sua dor. Não havia contudo prevenção possível para outro mal muito mais sério, o que afetava gravemente seu cérebro. Sob sua fronte continuava inscrita uma sentença.

Foi naqueles dias de sono agitado e incerto que lhe retornou Lisandra em sonho. Vinha esplendente, vinha em paz e, sorrindo, acariciou sua face. Conversaram então infindamente, como em outros tempos, de coisas das quais só falam os que conhecem o idioma da ternura. E aí ela se foi.

- 115 -

Em Brasília, a derradeira quartelada do século morria antes de nascer.

Santelmo Cimbres, de novo desperto, olhava a lâmpada fraca balançando levemente no teto da despensa. Via também o rosto da mulher ao seu lado. Não demorou a perceber que era Beatrice, pela luminosidade azul de seus olhos e pela maciez de seus lábios.

— O mural? — perguntou, com dificuldade.

— Eu lhe disse há tempos, Doutor Santelmo Cimbres: nada é capaz de destruí-lo.

Santelmo tornou a mirar a lâmpada, que tornava mais bela a beleza de Beatrice, e resolveu que enquanto fosse vivo seu lugar seria ali, amando-a, entregando-se a ela, ainda que pela infinitude de uma brevíssima eternidade.

FIM

Composto em FreightText Pro pela
Officio para a Editora Almedina Brasil.
Ilha de Santa Catarina, setembro de 2022.